True Crime

Ein (wahrer) Escape-Room-Thriller
mit Seiten zum Aufschneiden

arsEdition

[Stopp!]

Bevor du diesen True Crime Escape-Room-Thriller öffnest, solltest du wissen, worauf du dich einlässt.

Für dieses Buch gilt eine **Triggerwarnung.** In diesem Buch geht es um Trigger, also Auslöser schwieriger Gefühle, Erinnerungen oder Flashbacks. Der Text enthält Beispiele für solche Trigger – wie Gewalt, Diskriminierungserfahrungen, Vergewaltigung und Suizid. Bei manchen Menschen können diese Themen negative Reaktionen auslösen. Bitte sei achtsam, wenn das bei dir der Fall ist.

Dieser Thriller kein normales Buch, bei dem du eine Seite nach der anderen aufblätterst. Nur wenn du es schaffst, das Rätsel am Ende eines Kapitels zu lösen, erfährst du, an welcher Stelle im Buch du weiterlesen darfst. Dazu werden dir nach jedem Rätsel drei Antwortmöglichkeiten geboten.

Hinten im Buch findest du die Lösungsmatrix. Du startest immer in der Mitte. Die Pfeile hinter den Möglichkeiten im Kapitel geben an, wie viele Schritte du in der Matrix nach oben oder unten sowie nach rechts oder links gehen musst.

Damit landest du auf einem Bildausschnitt, der dir zeigt, nach welcher Zwischenseite du weiterlesen darfst.

Hinweise und Zusatzmaterial findest du auf der Website arsedition.de/true-crime

Finde die richtige Antwort – entdecke den Bildausschnitt – öffne die Seite dahinter.

Noch ein Beispiel:

Das hier ist …

[a] Ein Reiseführer ▶1 ▲1
[b] Ein Telefonbuch ◀4 ▼3
[c] Ein True Crime Escape-Room-Thriller ◀3 ▼2

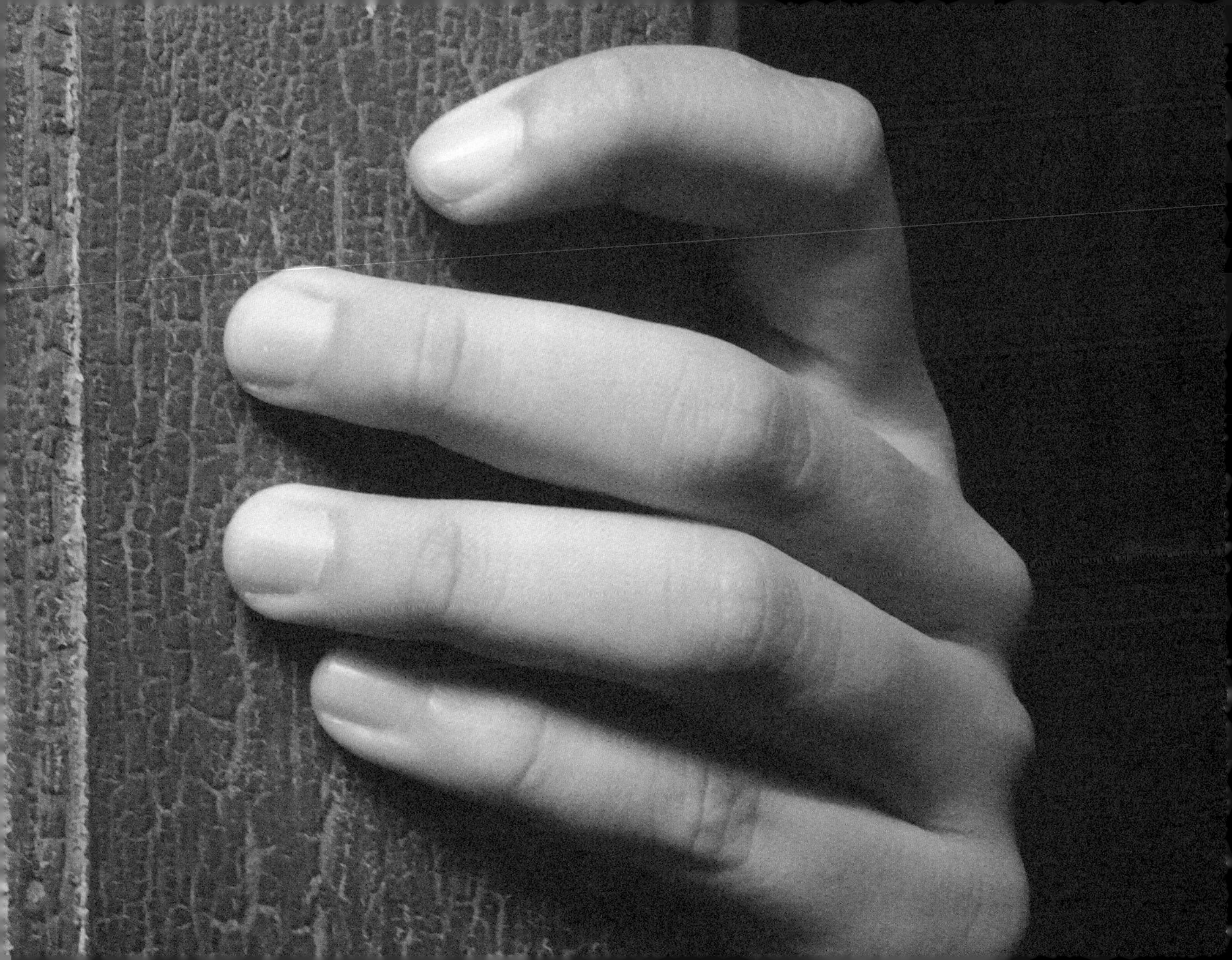

›Einleitung‹

»Langsam kann ich diese Strecke wirklich nicht mehr sehen«, dachte sich Mona. Die Zugfahrt dauerte eine gute halbe Stunde, was gar nicht mal so lang war. Doch Mona fuhr die Strecke von Mannheim nach Frankfurt am Main jeden Tag, zweimal. Jeden Morgen stieg sie am Mannheimer Hauptbahnhof ein und verließ den üblicherweise mit Pendlern vollgestopften Zug erst wieder an der Haltestelle Uni Campus Westend in Frankfurt.

Eigentlich mochte Mona die Fahrt zu ihrer Universität und zurück immer gerne, denn in dieser Zeit konnte sie die neueste Folge ihres absoluten Lieblingspodcasts hören: *The Crime*. Ein True-Crime-Podcast von zwei jungen Mädels, die sich in jeder Folge einem anderen spektakulären Verbrechen widmeten. Die beiden waren in den Charts des letzten Jahres eloquent und medienwirksam zu den unbestrittenen Darlings der Szene aufgestiegen und etliche Tausend Follower fieberten wöchentlich auf die nächste Folge hin. Mona gehörte zu den Süchtigen. Doch seit über vier Wochen herrschte auf dem Account von Mia und Naomi Totenstille. Obwohl die beiden ihre Community ansonsten sehr zuverlässig und regelmäßig mit neuen Fällen und dazugehörigen, geschickt platzierten Postings versorgten.

Mona kramte ihr Smartphone aus ihrem vollgekritzelten roten Rucksack. Diesen hatte sie von ihrem Vater geschenkt bekommen. Monas Vater war über Jahre hinweg der Leiter des Landeskriminalamts in Hessen und somit leitender Ermittler bei den grausamsten Verbrechen in der Umgebung. Daher kam sicherlich auch ihre Affinität zu wahren Verbrechen und deren Hintergründen, dachte sich Mona. Obwohl ihr Vater sich zu Hause berufsbedingt verschlossen zeigte, hatte Mona schon als Kind nichts unversucht gelassen, um heimlich an spannende Informationen über die laufenden Ermittlungen zu kommen. Der Zugang zu Papas Tablet war dabei eins der kleineren Hindernisse gewesen.

Mechanisch öffnete sie ihre Podcast-App. Keine neue Folge. Auch auf den Social-Media-Accounts herrschte Schweigen. Mona musste in den letzten Wochen häufig an Mia und Naomi denken. Die beiden hatten zwar von einer „Inspirationsreise" gesprochen, aber ein Monat war nun doch ziemlich lang, oder? Sie hatte die Podcasterinnen auf einer Party in einem Studentenwohnheim kennengelernt und sich mit ihren Idolen angefreundet. Mia und Naomi waren so lieb gewesen. Dazu klug, witzig und gut aussehend. Seitdem war Mona geradezu besessen von dem sympathischen Duo und seinem Podcast. Absolutes Highlight waren die Besuche im gemütlichen Dachstudio der beiden gewesen, in dem sie seit einigen Monaten ihre Fälle professionell recherchierten und die Folgen aufnahmen. Ihre Idole hatten großes Interesse an den Storys gezeigt, die sie durch ihre eigene Kombinationsarbeit daheim zum Besten geben konnte.

Sie beschloss, endlich nach dem Rechten zu sehen, und machte sich auf den Weg zu dem Mehrfamilienhaus, stieg in die Straßenbahn und fuhr drei Haltestellen weit, bis zum Rosengarten. Als die Durchsage erklang, schreckte Mona aus ihren Gedanken hoch und stieg aus. Seit vier Wochen war sie nicht dort gewesen, sie hatte sich einfach nicht getraut. Sie kannte den Weg zu Mias und Naomis Studio im Schlaf. Manchmal hatte sie noch spontan spät abends geläutet, wenn sie in dem Mansardenfenster noch Licht gesehen hatte. Sie wusste, dass sie immer willkommen war, die beiden hatten immer ein offenes Ohr für sie gehabt. Für Naomis Geburtstag, am Abend vor ihrer Abreise, hatte Mona sogar einen Kuchen vorbeigebracht.

Genau in diesem Moment öffnete zufällig ein Anwohner die Haustüre des Mehrfamilienhauses und hielt sie Mona auf. Mona drückte sich einen Dank murmelnd an dem jungen Mann vorbei. Sie schlenderte zum Aufzug, fuhr in den obersten Stock und stand schließlich vor der Wohnung.

Auf einem nagelneuen Klingelschild prangte der Name »Naomi Freymuth«. Sie klingelte. Während sie kurz wartete, sah sie sich im Flur um. Auf einem Fensterbrett stand ein Blumenkübel. Niemand war zu sehen. Und niemand öffnete die Tür. Sie zog den Schlüssel aus der Hosentasche, den sie von Naomi hatte, warf noch einmal einen Blick über ihre Schulter – und huschte in die Wohnung. Puh, die Luft war hier auch schon mal besser! Vom Flur ging eine Tür in ein winziges Bad ab, eine zweite verschloss eine kleine Abstellkammer. Dann stand man auch schon im Zimmer.

Mit scharfem Blick scannte Mona den kompletten Raum ab: Auf einem Tisch standen die Mikrofone, ein Telefon, die beiden MacBooks, drei halb volle Kaffeebecher, ein Kalender lag herum und ein paar eingegangene Topfpflanzen dümpelten auf den Fensterbrettern. Sie bekam sofort ein schlechtes Gewissen, sie hätte die Blumen unbedingt während der Abwesenheit ihrer Freundinnen gießen sollen. An der Wand hing eine riesige Pinnwand mit unterschiedlichsten Dokumenten und Bildern zu ihrer Arbeit. Nichts für schwache Nerven.

Mona beschloss, sich zunächst die Laptops genauer anzusehen. Einer hing noch am Stromkabel und schaltete sich sofort an, als sie auf eine Taste drückte. Dazu bemerkte sie, dass Naomi und Mia offenbar ohne Passwort arbeiteten. Krass eigentlich! Auf dem Desktop des Laptops fand sie einen einzigen Ordner namens *Aktuell*, darin sechs Unterordner mit verschiedenen Fällen, welche jeweils etliche Zeitungsartikel, Dokumentationen und ein Word-Dokument mit dem dazugehörigen Skript beinhalteten.

Monas brennende Neugier siegte über ihre anfängliche Beklemmung, sich weiter an dem fremden Laptop zu schaffen zu machen. Okay, es war so weit. Sie setzte sich an den Tisch und murmelte: »Dann schauen wir doch mal, was ihr so herausgefunden habt« – und klickte auf den Unterordner *Jagdsaison*.

◀3 ▲3

>Kapitel 18<

Na, das war aber interessant! Als die Ermittler sich den Chatverlauf zwischen Noah und seiner Freundin anschauten, hatte dieser schon längst mehrere Nachrichten aus dem Verlauf unwiderruflich gelöscht. Eine Tatsache, die ihn nicht gerade unschuldig wirken ließ. Noah zögerte etwas, bevor er den Ermittlern gestand, dass er und seine Freundin sich nur wenige Tage vor ihrem Tod gestritten hatten. Als er mitbekam, dass Paige verschwunden war, sei Panik in ihm aufgestiegen, weswegen er die Nachrichten gelöscht habe. Dass das nicht gut für ihn aussehe, wisse er selbst, fügte er kleinlaut hinzu.

Die Beamten hakten nach, um was genau sich ihr Streit denn gedreht habe. Paige habe etwas auf seinem Handy gesehen und das falsch interpretiert, antwortete Noah. Was folgte, sei aber eher eine kleine Auseinandersetzung gewesen als ein bedeutsamer Streit.

Die letzte Nachricht, welche Paige ihm geschrieben hatte, hatte er jedoch nicht gelöscht. Es handelte sich um die Nachricht, in der sie ihm geschrieben hatte, gerade beinahe entführt worden zu sein. Doch theoretisch bestand die Möglichkeit, dass Noah diese Nachricht selbst abgeschickt hatte, um von seiner Person abzulenken. Dies musste allerdings vorerst offen bleiben, denn Paiges Handy war verschwunden.

Schnell stellte sich Noah jedoch als unschuldig heraus: Anhand der Überwachungskameras des Fast-Food-Restaurants konnte sein Alibi eindeutig bestätigt werden. Auf den Aufnahmen war deutlich zu sehen, wie Noah und sein Freund um genau 18:30 Uhr durch den Drive-in des Schnellrestaurants fuhren. Die Ergebnisse der Autopsie bestätigten, dass Paige just zu diesem Zeitpunkt angegriffen und getötet worden war. Im Rahmen der forensischen Untersuchung konnte außerdem festgestellt werde, dass es Sportschuhe der Marke Nike Jordans waren, die zu den Abdrücken auf Paiges Körper passten.

Auf der Suche nach neuen Beweisen begannen die Ermittler mit Befragungen der Nachbarn und Bekannten der Familie Young. Eine Nachbarin hatte tatsächlich etwas durchaus Auffälliges gesehen: einen weißen Van, in dem drei Männer saßen.

Der Van sei langsam durch die Straßen gefahren, wobei einer der Männer beim Vorbeifahren mit dem Finger auf die Nachbarin gezeigt habe. Da sie diese Männer zuvor noch nie in der Gegend gesehen hatte und deren Verhalten überaus verdächtig war, hatte sie das Ganze auf Video festgehalten. Zum Glück. Denn nun konnte die Polizei ohne Weiteres nach dem merkwürdigen Van und den drei Insassen fahnden. Das Auto war rasch gefunden, doch es stellte sich heraus, dass die drei Insassen nichts mit Paiges Tod zu tun hatten.

Währenddessen lief die Suche nach dem Handy des toten Mädchens auf Hochtouren. Mithilfe des Telefonanbieters war es den Ermittlern immerhin möglich, es zumindest grob zu orten und den Suchradius einzuschränken, bis das Signal plötzlich abbrach. Sie suchten weiter und hatten tatsächlich Erfolg: Sie fanden Paiges Handy rund 1,6 Kilometer vom mutmaßlichen Tatort entfernt. Umgehend schickten sie es zur Niederlassung der Michigan State Police, um es dort genauestens untersuchen zu lassen.

Zusätzlich ermöglichte die genaue Festlegung des Todeszeitpunktes den Ermittlern, den Kreis der potenziell Verdächtigen einzugrenzen. Die verbliebenen Personen wurden erneut befragt. Eine dieser Vernehmungen klang vielversprechend und führte die Ermittler auf eine neue Spur: Drei Zeugen, ein Mann und seine zwei Töchter, hatten Paige am Tag ihres Verschwindens in der Nähe des Mountainbike-Trails gesehen. Interessant daran war, dass Paige, laut ihren Angaben, dort nicht allein unterwegs gewesen war, sondern in Begleitung.

SABBNUS
TNNAKĒBNUFA

MIT WEM WURDE PAIGE KURZ VOR IHREM TOD GESEHEN?

[a] Mit ihrem Stiefvater ▼2 ◀4
[b] Mit einem guten Freund von Noah ▶1 ▲1
[c] Mit einem völlig Unbekannten ◀4 ▼1

›Kapitel 8‹

Was, erst am 15. Dezember 2020 war der Prozess in Tokio zu Ende? So spät? Mona rechnete nach: Mehr als drei Jahre hatte die Gerichtsverhandlung gedauert. Aber immerhin wurde die Todesstrafe verhängt. »Das finde ich angemessen«, rief Mona laut. Wie konnte es auch anders sein? Schließlich hatte der Mörder so viele Menschen umgebracht und sich in seiner eigenen Wohnung mit ihnen erwischen lassen. Sie stand auf, um sich den Fall noch einmal durch den Kopf gehen zu lassen. Geistesabwesend nahm sie die Kaffeebecher vom Tisch und begann, sie abzuspülen. Immer wenn sie aufgewühlt war, begann sie aufzuräumen.

Dabei dachte sie daran, wie gefährlich die sozialen Netzwerke waren. Irgendwie gab doch jeder immer zu viel über sich selbst preis. Sie selbst hatte die Wohnung von Naomi und Mia damals gefunden, weil sie einen Anhaltspunkt in ihrem Social-Media-Account geliefert hatten. Mona hatte sich gleich auf den Weg gemacht und die beiden Podcasterinnen mit Blumen überrascht – zum Glückwunsch für ihre einhundertste Folge. Naomi und Mia hatten sich sehr über das Wiedersehen mit ihrer interessanten Partybekanntschaft gefreut und seitdem waren sie quasi beste Freundinnen.

Mona schüttelte den Kopf, als sie die Topfpflanzen goss. Mia hatte wirklich einen grünen Daumen, hier drin sah es ja aus, wie in einem halben Dschungel. Allerdings ein sehr staubiger und eben leider vertrockneter Dschungel. Oh je, tut mir echt leid, Mia! Sie nahm sich einen Schwamm und wischte fürsorglich über die Oberflächen – Tisch, Bücherregale, Kommode – bis sie sich an den Kopf fasste. Aufräumen ergab nun wirklich keinen Sinn! Sie hatte zu tun: weiter mit den Fällen! Der nächste Unterordner hieß *Tödliche Schlagzeilen*.

In der kleinen Gemeinde Kičevo, eine Stadt im Osten Nordmazedoniens, meldete 2004 eine Frau ihre Mutter als vermisst – Ivana Todorovska, 64 Jahre alt. Ivana wollte am 16. November 2004 nur kurz zum örtlichen Supermarkt gehen, um den üblichen Wocheneinkauf zu erledigen, kehrte allerdings nicht zurück. Als sich die Tochter der Vermissten, Mirnesa Todorovska, daraufhin bei der Polizei meldete, spielten die Beamten das Geschehen runter. Sicherlich wäre Frau Todorovska nur für ein paar Tage bei Verwandten untergekommen und habe eine kleine Auszeit gebraucht.

Ihre Tochter Mirnesa bezweifelte dies allerdings stark. Ihre Mutter war nicht der Typ für spontane Aktionen und würde niemals für mehrere Tage Verwandte besuchen, ohne ihre eigene Tochter darüber zu informieren. Doch all ihre Versuche, den ermittelnden Beamten dies klarzumachen, scheiterten. Dazu kam noch, dass Ivana Todorovska in einer von Eifersucht geprägten Beziehung lebte. Die Beamten vermuteten, dass sie von dieser toxischen Beziehung und ihrem aktuellen Leben in Kičevo genug hatte. Bestimmt hätte sie sich stillschweigend davongemacht, um irgendwo anders neu anzufangen. Überzeugt von dieser Theorie verweigerte die Polizei anschließend jegliche weitere Ermittlung in dem »Vermissten-Fall«, außer Mirnesa würde sie entsprechend entlohnen.

Fassungslos und verzweifelt wandte sich die Tochter daraufhin an Aleksandar Novak, welcher in derselben Gemeinde lebte. Der erfolgreiche Journalist und Zeitungsredakteur hatte durch seine Kontakte in der Medienbranche großen Einfluss und Zugang zu den unterschiedlichsten Informationsquellen. Er erklärte sich bereit, Mirnesa zu helfen, indem er einen ausführlichen Artikel über den Fall der vermissten Ivana Todorovska in seiner Zeitung *Makedonija News* publizierte.

Der erwünschte Erfolg blieb allerdings aus – auch nach mehreren Wochen gab es weder Hinweise auf Frau Todorovskas Aufenthaltsort noch gab es Anhaltspunkte für ein mögliches Gewaltverbrechen. Bis sich am 12. Januar 2005 – etwa zwei Monate nach Ivana Todorovskas Verschwinden – ein Schrottsammler auf der Baustelle einer verlassenen Sporthalle umschaute und etwas entdeckte. Verscharrt in einem flachen Loch in der Erde und bedeckt mit Müll und einigen

Steinen fand er eine Plastiktüte und darin menschliche Überreste.

Wie die Autopsie kurz darauf bestätigte, war es die grauenvoll zugerichtete Leiche der vermissten 64-Jährigen. Die forensische Untersuchung brachte weitere grausame Details ans Licht: Anhand der noch nicht allzu weit fortgeschrittenen Verwesung der Leiche konnte rekonstruiert werden, dass Ivana erst seit maximal zwei Wochen tot war. Zuvor musste ihr Peiniger sie über eineinhalb Monate festgehalten, geschlagen, gefoltert und mehrfach vergewaltigt haben, bis er sie schließlich mit einem Telefonkabel erwürgt hatte. Daraufhin hatte der Täter sie auf der Baustelle entsorgt, verpackt in einen Plastikmüllsack und mit einem Kabel verschnürt.

Nun wurde nicht mehr nach einer vermissten Person gesucht, sondern nach einem Mörder. Bald gaben die örtlichen Behörden bekannt, zwei Verdächtige in Gewahrsam genommen zu haben: den 27-jährigen Ivo Zeki und den ein Jahr älteren Stanislav Ilić. Die beiden saßen bereits seit zwei Wochen in der lokalen Justizvollzugsanstalt in Untersuchungshaft, da sie dringend verdächtig waren, ein ähnliches Verbrechen an einem einsamen Senior im Nachbarsort verübt zu haben. Nachdem sie sich zunächst in einer inoffiziellen Befragung ebenfalls an dem Verbrechen an Ivana Todorovska schuldig bekannt hatten, zogen sie ihr Geständnis rasch wieder zurück und leugneten fortan jede Beteiligung an diesem Verbrechen. Ivo Zeki behauptete nachträglich sogar, er sei am Tag von Ivana Todorovskas Verschwinden nicht einmal in der Nähe seiner Heimatstadt Kičevo gewesen.

Dem leitenden Beamten Tomislav Dukovska kam dieses Verhalten der beiden Verdächtigen merkwürdig vor. Doch dies waren die einzigen Männer in Kičevo, denen er eine solch grausame Tat zutrauen würde. Er war fest davon überzeugt, die Richtigen in Gewahrsam genommen zu haben. Aber es gab einen Haken: Seine Überzeugung reichte nicht, er brauchte dringend auch handfeste Beweise für ihre Schuld.

Eine Tatwaffe konnte bisher nicht ausfindig gemacht werden. Versteift darauf, dieses Beweismittel ausfindig zu machen, vergaß er, die ihm vorliegenden Beweise und Indizien genauer zu untersuchen: das Protokoll der ersten Befragung und die beschlagnahmten Gegenstände, die die Verdächtigen zum Zeitpunkt ihrer Verhaftung bei sich hatten.

WELCHES DETAIL ENTGEHT DEM ERMITTLERN?

Einer der Verdächtigen war…

[a] zur Tatzeit im Besitz eines Mietwagens. ▶2 ▼1

[b] zur Tatzeit nicht in der Stadt. ▼3 ▶2

[c] im Besitz der möglichen Tatwaffe. ◀1 ▲1

›Kapitel 4‹

24 rote Kreuze. Und eins dieser Kreuze markierte die Stelle, an der im Juli 1980 die erste Leiche der Mordreihe neben der Eklutna Lane gefunden worden war. Die junge Frau konnte bis heute nicht identifiziert werden und wurde von Ermittlern als Eklutna Jennie bezeichnet. Die Ermittler vermuteten, dass die restlichen Markierungen auf der Karte ebenfalls Gräber von Opfern darstellten. Ihnen wurde klar, dass es noch viel mehr Mordopfer geben könnte, als sie bisher vermutet hatten. Wenn die Karte stimmte, wäre insgesamt von 24 Opfern auszugehen.

Die Polizeibeamten nahmen Daniel Loyer vorerst fest. Die sichergestellte Ruger Mini 14 schickten sie zur forensischen Schusswaffenuntersuchung. Dabei stellte sich heraus, dass man die gefundenen Patronenhülsen eindeutig dieser Waffe und damit Daniel Loyer zuordnen konnte.

Nun ging es an die Befragung Loyers. Diese geschah in einem leer stehenden Raum, an dessen Wänden Bilder hingen, welche die Natur rund um Anchorage zeigten – darunter auch den bekannten State Park. Zusätzlich platzierten die Beamten diverse Ordner in dem Raum, auf denen die Namen von Familienangehörigen und Freunden Loyers zu lesen waren. In den Raum geführt, ließen die Ermittler ihn zunächst einmal allein. Ziel dieser Taktik war es, Daniel unter Druck zu setzen. Ihm sollte klar werden, dass die Ermittler genügend Beweise gegen ihn in der Hand hatten.

Doch Daniel ließ sich nicht aus der Ruhe bringen. Er behauptete, die Patronenhülsen aus seiner Schusswaffe wären wohl zufällig an den Tatort gelangt. Das wäre nicht allzu unwahrscheinlich. Schließlich sei er häufiger dort unterwegs gewesen, um zu jagen.

Die Ermittler informierten Daniel darüber, dass die Staatsanwaltschaft die Todesstrafe für ihn durchbringen wolle. In diesem Moment rastete Loyer aus. Sein Kopf lief rot an und es brach aus ihm heraus wie aus einem Wasserfall, er gestand die Morde an 17 Frauen 30 weitere Frauen habe er vergewaltigt, einige von ihnen hatte er daraufhi wieder laufen lassen. Um sicher zu gehen, dass diese Frauen übe die Vorfälle schweigen würden, bedrohte er nicht nur sie, sonder auch deren Familien. Die betroffenen Frauen berichteten späte dass diese Drohungen der ausschlaggebende Punkt gewesen waren warum sie nie Anzeige gegen Daniel Loyer erstattet hatten.

Als Loyer den Beamten sagte, er sei in der Gegend, in welcher die Leichen gefunden wurden, regelmäßig zum Jagen unterwegs gewesen hatte er nicht einmal gelogen. Er ging in diesem Gebiet tatsächlich au die Jagd – auf Menschenjagd. Bei den Morden ging er immer gleich vo Er entführte die Frau seiner Begierde, brachte sie zu seiner einsame Hütte mitten im Wald, fesselte, vergewaltigte und folterte sein wehrloses Opfer.

Der Alptraum war für die Opfer aber an diesem Punkt noch nich zu Ende, im Gegenteil: Er verband ihnen die Augen und ließ si orientierungslos durch den Wald stolpern. Im ersten Moment vermittelt er den Frauen somit ein Gefühl von Hoffnung und Freiheit. Loye gewährte ihnen jedoch nur einen kleinen Vorsprung, ehe er seine gan eigene Art von Jagd auf sie eröffnete. Teilweise trieb er seine Opfer übe vier Tage lang durch den dichten und einsamen Wald, bis er sie dann vo ihrem Leid erlöste und wie Wild erlegte. Er nannte dies sein »Sommerprojekt«.

Auf die Frage, warum er all diese Taten begangen habe, antwortete e dass er seine Opfer als Jagdwild ansehe. Er hasse ja nicht alle Frauen aber Prostituierte seien in seinen Augen schlimmer als Mörder.

Daniel Loyer bekam einen Deal angeboten, welcher ihn vor der Todesstrafe bewahren würde. Dafür müsste Daniel die vier Morde gestehen die sie ihm in jedem Fall nachweisen konnten, außerdem mit Polizeibeamten zurück in sein »Jagdrevier« fahren und ihnen die Stellen zeigen, an denen er seine Opfer begraben hatte. Loyer nahm den Deal an.

Daniel Loyer hatte sich die Orte der Gräber gut eingeprägt. Durch seine Aussagen konnten insgesamt 17 Leichen geborgen werden. Viele von ihnen konnten bis heute nicht identifiziert werden, nicht einmal ihr Mörder kannte ihre Namen. Oder behielt diese lieber für sich.

Am 28. Februar 1984 gestand Daniel Loyer vier der Morde. Letztendlich wurde er wegen vierfachen Mordes, einer Vergewaltigung, einer Entführung, mehreren Diebstählen und Verstößen gegen das Waffengesetz schuldig gesprochen und wurde zu einer Haftstrafe von 461 Jahren, ohne der Möglichkeit auf Bewährung, verurteilt.

Zunächst saß er in einem Gefängnis in Pennsylvania, wurde dann jedoch nach Minnesota verlegt. Er selbst wollte seine Gefängnisstrafe nicht in Alaska verbüßen. Die Angst davor, im Gefängnis Menschen über den Weg zu laufen, die ihn oder seine Opfer kannten, war einfach zu groß.

1988 wurde er schließlich doch zurückverlegt nach Alaska, und zwar nach Juneau. Eines Tages fand ein Gefängniswärter bei seinen persönlichen Sachen einige sehr verdächtige Dinge, darunter eine Luftfahrtkarte, eine handgestrickte Wintermütze, einige Zeitungsartikel über Plastiksprengstoffe, ein handgeschriebener Zettel, der aber der Schrift nach nicht von ihm stammte, und eine Korrespondenz mit einem Bootsmakler.

21 Jahre sind eine sehr lange Zeit.
Bereits nach dem 8. Jahr wird es einfach nur noch langweilig.
Doch was konnte er schon tun?
Er war nur der Gefangene aus Zelle 20.
Jeden Tag spielte er 14-mal Schach und dann war es vorbei.

WELCHEN HINWEIS GEBEN DIE PERSÖNLICHEN GEGENSTÄNDE VON DANIEL LOYER PREIS?

[a] Einer der Mitinsassen bedrohte Daniel Loyer. ▼3 ▶4

[b] Daniel Loyer starb 2014 im Alter von 75 Jahren. ▶1 ▲3

[c] Daniel Loyer plante einen Gefängnisausbruch. ▲2 ◀4

›Kapitel 1‹

Anchorage, Alaska, galt mit seinen 170 000 Einwohnern in den 1970er-Jahren als mit Abstand größte Stadt Alaskas. Als Mitte des Jahrzehnts der Bau der 800 Meilen langen Trans-Alaska-Pipeline begann, verschlug es Zehntausende Arbeiter in die kleine Stadt an der Bucht des Cook Inlet. Doch mit den Arbeitern kehrte nicht nur Wohlstand, sondern auch Verbrechen und Drogen in Anchorage ein.

Es begann im Juli 1980, als rund zwei Kilometer südlich der Eklutna Lake Road die menschlichen Überreste einer jungen Frau entdeckt wurden. Bis ins Jahr 1983 fand man drei weitere Leichen. In der Nähe des letzten Opfers fanden die Polizeibeamten drei Patronenhülsen, welche ganz eindeutig einer Ruger Mini 14 zugeordnet werden konnten. Doch diese Art von Waffe war bei Jägern sehr beliebt und dementsprechend weit verbreitet. Der Fund der Patronenhülsen führte somit nicht zu einem Durchbruch in den Ermittlungen.

Schnell gingen die Beamten von einem Serienmörder aus. Bei allen Opfern handelte es sich um junge Frauen aus dem Rotlichtmilieu, alle waren sie mit einem Kleinkalibergewehr erschossen worden. Die ermittelnden Beamten fanden allerdings sonst kaum Anhaltspunkte.

Am 13. Juni 1983 führte die Strecke des Lastkraftwagenfahrers Peter Wright ihn über die 6th Avenue in Anchorage. Die Straße beginnt am Merril Field Airport, zieht sich durch die ganze Stadt und endet am Fluss Knik – es ist eine der Hauptstraßen mit hohem Verkehrsaufkommen.

Peter wurde aus seinen Gedanken gerissen, als plötzlich eine junge Frau auf die gut befahrene Straße rannte. Die Frau war barfuß und ihre Hände waren mit Handschellen gefesselt. Peter hielt unverzüglich an. Die Frau schrie hysterisch: »Er wird mich töten, er wollte mich töten!« So schnell wie möglich lud Peter Wright die aufgelöste junge Frau in seinen Lastwagen ein und sie machten sich schleunigst davon. »Nichts wie weg hier«, war Peters einziger Gedanke.

Wie Peter später herausfand, handelte es sich bei der jungen Frau um Wendy Dickens, eine der örtlichen Prostituierten. Sie bat Peter, sie zu einem Motel zu fahren, in welchem sie zu dieser Zeit wohnte. Er setzte Wendy wie gewünscht dort ab und informierte umgehend die Polizei über den Vorfall.

Die Ermittler holten Wendy vom Hotel ab und nahmen sie mit zur zentralen Polizeidienststelle. Dort machte Wendy ihre Aussage über die wohl schlimmsten Stunden ihres jungen Lebens.

Zitternd und noch immer völlig außer sich begann die Frau zu erzählen, dass sie als Prostituierte in der 4th Avenue gearbeitet habe. Ein Mann habe ihr 200 Dollar für ihre Dienste geboten. Der Mann habe auf sie keinen gefährlichen Eindruck gemacht, ganz im Gegenteil. Daher sei sie in den Wagen des Unbekannten gestiegen. Viel zu spät habe sie gemerkt, dass ihre sonst so gute Menschenkenntnis sie dieses Mal ganz offensichtlich im Stich gelassen hatte. Der Unbekannte hielt ihr plötzlich eine Waffe an den Kopf, legte ihr Handschellen an und brachte sie in sein Haus im Stadtteil Muldoon, eine wohlhabende Wohngegend in Anchorage.

Das Zimmer, in das er sie dort brachte, bezeichnete er als seinen ganz persönlichen »Hobbyraum«. Doch dort befand sich keine Werkstatt oder gar eine Tischtennisplatte. Nein. An den Wänden hingen Dutzende Jagdtrophäen und von der Decke baumelten massive Ketten. Er fesselte Wendy an einen robusten Stuhl. In den darauffolgenden Stunden folterte und vergewaltigte er sie mehrfach.

Anschließend fuhr er mit ihr zu dem nahe gelegenen Flughafen an der

6th Avenue, auf dem sein Privatflugzeug stand. Er sprach wiederholt von einer einsamen Hütte in der Wildnis, die er mit ihr aufsuchen wolle. Ständig sagte er ihr, dass sie nur das machen müsse, was er wollte, dann würde ihr schon nichts Schlimmeres passieren.

Als der Mann gerade dabei war, das Flugzeug zu beladen, erkannte Wendy eine Chance: Ihre Hände noch immer mit Handschellen gefesselt, kletterte sie von der Rückbank des Autos auf den Vordersitz, öffnete die Tür und rannte um ihr Leben. Als der Mann dies bemerkte, begann er, Wendy zu verfolgen, schaffte es jedoch nicht mehr, sie einzuholen. Nur ein paar Minuten später saß sie bereits auf dem Beifahrersitz ihres Retters Peter Wright. Im Rückspiegel sah sie noch, wie ihr Peiniger umkehrte und zurück in Richtung seines Privatflugzeuges lief.

Die Beamten gingen davon aus, dass derjenige, der sich an Wendy zu schaffen machen wollte, der Serienmörder war, nachdem sie nun schon so lange fahndeten. Schließlich passte das Mädchen in das Schema der bisherigen Opfer. Wendy konnte den ermittelnden Beamten ihren Entführer, dessen Flugzeug und dessen Haus äußerst detailliert beschreiben. Gemeinsam mit Wendy fuhren die Ermittler zum Merril Field Airport und Wendy führte die Beamten zum Flugzeug ihres Entführers.

ZU WEM FÜHRTE DIE KENNZEICHEN-NUMMER DES PRIVATFLUGZEUGES DIE ERMITTLER?

[a] Nante D. ▲3 ◀2
[b] Dustin N. ◀3 ▼1
[c] Daniel L. ▶2 ▲2

>Kapitel 7<

Die Ermittler bemerkten, dass Kaito den Kühlschrank anstarrte, der in der kleinen Küche stand. Das darauf abgebildete Symbol irritierte ihn irgendwie. Ähnliche Symbole fanden sich auf dem Mülleimer und auf dem Kissen. Fügte man diese beiden wie ein Puzzle zusammen, ergaben sie die Form des weißen Bildes über dem Bett. Das Kühlschrankbild hingegen passte nicht hinein. Er deutete mit dem Finger auf den Gefrierteil des Kühlschranks und sagte emotionslos: »Sie ist dort drin.«

Es dauerte eine Zeit, bis die Ermittler die Worte des Mannes verarbeiten konnten. Befand sich im Gefrierschrank dieses Mannes wirklich die Leiche der vermissten Fumiko Nakamura? Den Ermittlern blieb nichts anderes übrig, als die Aussage des Mannes zu überprüfen, indem sie das Gerät öffneten, auf das Kaito soeben gezeigt hatte. Im Inneren entdeckten sie zunächst Unmengen an Katzenstreu. Als sie dieses jedoch vorsichtig zur Seite schoben, fanden sie Tüten mit menschlichen Überresten.

Doch in der winzigen Wohnung fanden sie noch mehr: eine weitere Kühltruhe und zusätzlich fünf große elektrische Kühlboxen. Auch in diesen befanden sich menschliche Überreste. Langsam dämmerte den Beamten, dass sie in der Wohnung eines Serienmörders standen.

Das Ausmaß der Verbrechen wurde erst klar, als der Bericht der Spurensicherung kam: In den Boxen und Kühltruhen befanden sich neun Köpfe und insgesamt 240 Knochen. In der Wohnung fanden sie zusätzlich zahlreiche Plastikbänder, Seile, eine Säge, ein Beil und mehrere Küchenmesser. Nachdem die Mitarbeiter der Spurensicherung jeden Zentimeter des kleinen Apartments durchsucht hatten, konnten sie ihre Asservatenkammer um diverse Bankkarten, Krankenkassenkarten, Zugtickets und Taschen erweitern. Viele Fundstücke konnten den zwischen August und Oktober 2017 vermissten Personen zugeordnet werden. Zusätzlich bestätigte die forensische Untersuchung der Leichenteile mittels DNA-Analysen, dass die gefundenen menschlichen Überreste von den acht Frauen und dem vermissten Mann stammten.

Der Ausweis des Mannes verriet den Ermittlern, dass er online unter einem falschen Namen agierte. Sein richtiger Name war Yuma Watanabe. Unter seinem Decknamen konnte er auf Twitter wiederholt mit verschleierter Identität Kontakt zu jungen Frauen aufbauen, die ihre Selbstmordgedanken auf der Plattform öffentlich einsehbar teilten.

In den Gesprächen mit seinen Internet-Bekanntschaften gab er an, ähnliche Gedanken zu hegen, er würde sie verstehen, würde sie gerne in ihrem Vorhaben unterstützen und gemeinsam mit ihnen sterben. So wären sie nicht allein.

Als die Ermittler die Interaktionen des *Hangman* analysiert hatten, war ihnen kein Kontakt zu einer männlichen Person aufgefallen. Auch die Chatverläufe und die später gefundenen Opfer des Mannes zeichneten ein eindeutiges Opferprofil: junge Frauen, Twitter-Nutzerinnen, suizidal. Aus welchem Grund machte der Täter eine einmalige Ausnahme und wich von seinem ansonsten konsequenten Beuteschema ab?

Diese Frage beantwortete ihnen der Täter selbst: Der Mann sei ein Freund seines ersten Opfers gewesen und habe einfach zu viele Fragen über das Verschwinden seiner Freundin gestellt. Somit sei ihm nichts anderes übrig geblieben, als auch ihn loszuwerden.

Seine Vorgehensweise beschrieb er wie folgt: Er lud die Frauen zu sich nach Hause in seine Wohnung ein, dort füllte er sie dann mit Alkohol ab oder verabreichte ihnen heimlich Drogen. Dann raubte er sie aus und erwürgte seine wehrlosen Opfer. Anschließend zerteilte er ihre Körper, damit er diese in seiner Wohnung unterbringen könne. Wenn niemand die Opfer finden würde, könne er schließlich auch nicht geschnappt werden.

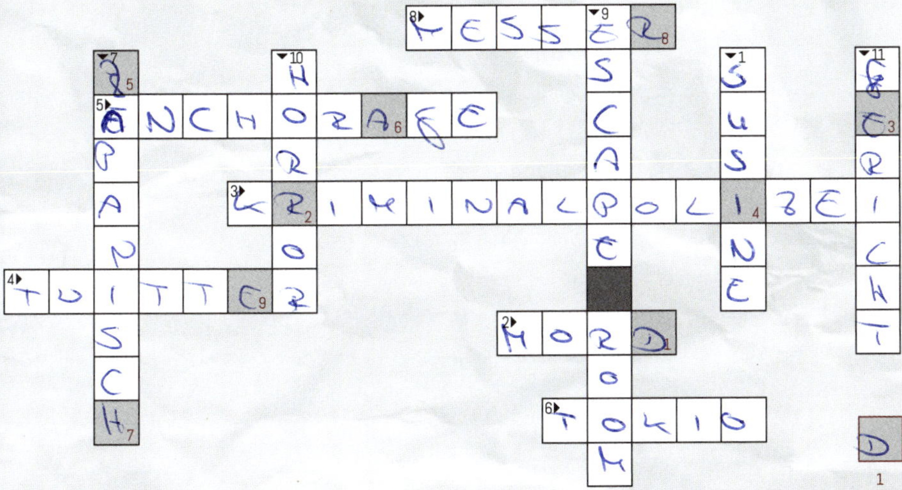

1. Japanische Pflaume
2. Vorsätzlicher Totschlag
3. Abteilung der Polizei zur Aufklärung von Verbrechen
4. Mikroblogging-Dienst
5. Stadt in Alaska
6. Hauptstadt von Japan
7. Amtssprache in Japan
8. Stichwaffe
9. engl.: Fluchtraum
10. Filmgenre
11. Organ der Rechtsprechung

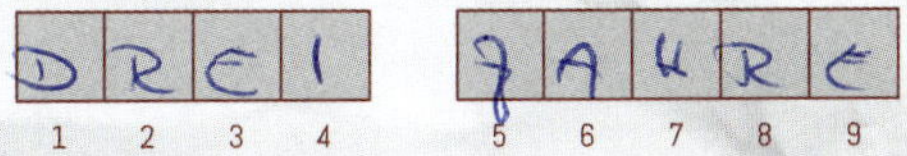

Seine eigene Wohnung schien ihm somit ein naheliegendes und sicheres Versteck zu sein. Als der Prozess begann, sammelten sich mehr als 400 Menschen vor dem Tachiwaka-Gerichtsgebäude in Tokio, um einen der begrenzten Plätze im Gerichtssaal zu ergattern. Ein solch brutales Verbrechen hatte sich in Japans Geschichte noch nie ereignet. Es sorgte für viel Angst und Schrecken in einer Bevölkerung, in der soziale Medien zu einem unverzichtbaren Bestandteil des Alltags geworden waren. Letztendlich konnten nur 16 der über 400 Menschen dem Prozess beiwohnen. Der Rest wartete vor dem Gerichtsgebäude in der Hoffnung, mitzubekommen, was sich in dem Gerichtssaal abspielte.

Das Verteidigungsteam von Yuma Watanabe plädierte auf Tötung auf Verlangen. Schließlich wären all seine Opfer gewillt gewesen zu sterben. Nur aus diesem Grund hatten sie den Kontakt mit dem Angeklagten aufgenommen.

Dies könnten sie mithilfe der vorhandenen Chatverläufe sogar beweisen. Die Tatsache, dass die Mädchen sterben wollten, spaltete die Gemüter und nach zäher Verhandlung fiel am 15. Dezember 2020 das Urteil: Es war die Todesstrafe.

WIE LANGE DAUERTE DIE VERHANDLUNG?

[a] Vier Jahre ◀1 ▼1
[b] Zwei Jahre ▼2 ◀2
[c] Drei Jahre ◀4 ▼4

›Kapitel 6‹

Eifrig gab Haruto die Buchstaben ein, die er für Fumikos Passwort hielt, und drückte gespannt die Entertaste. Passwort korrekt! Puh, er hatte es tatsächlich geschafft, Fumikos Anmeldedaten zu entschlüsseln, ohne den Account dabei durch mehrmalige fehlerhafte Eingabe zu sperren. Die Anfangsbuchstaben der abgebildeten Emojis ergaben das Wort Susine – auch als Japanische Pflaume bekannt. Fumikos Lieblingsfrucht, da hätte er auch gleich draufkommen können.

Zunächst begann Haruto, die Nachrichten seiner Schwester durch-zugehen. Ihre letzten Nachrichten hatte sie mit einem Nutzer ausgetauscht, welchen Haruto nicht kannte. Dieser hatte den Nutzernamen *Hangman,* sein Profilbild zeigte leider kein Bild einer realen Person, sondern lediglich die Zeichnung einer Manga-Figur. Dennoch war es dieses Profilbild, welches Haruto als Erstes ins Auge stach: Das Bild zeigte einen Mann mit etwas längeren, bläulichen Haaren, die ihm ins Gesicht fielen und sein rechtes Auge vollständig bedeckten. Sein linkes Auge lugte ein wenig unter den strähnigen Haaren hervor und so konnte man die Augenfarbe erkennen: Sie waren feuerrot und starrten Haruto aus dem Bildschirm geradezu an. Auf der rechten Wange trug die Figur ein Pflaster, der Mund war zu einem schiefen, schelmischen Lächeln geformt.

Ganz besonders auffällig war jedoch der Hals des abgebildeten Mannes, denn dort waren zwei tiefe Schnittverletzungen zu sehen. Eine klaffte auf der rechten, die andere auf der linken Seite des Halses. Die Schnittwunde auf der rechten Seite sah beinahe aus wie ein Kreuz. Die Wunde auf der linken Seite war ein langer, tiefer Schnitt, recht gerade gezogen.

Direkt unterhalb der Schnittverletzungen war noch ein weiteres Wundmal zu erkennen, das sich von der rechten Seite bis zur linken Seite des Halses durchzog. Es sah fast so aus, als wäre die Manga-Figur massiv gewürgt worden, vermutlich mit einem robusten Strick, denn einen solchen hatte die Figur noch immer um den Hals hängen.

Der Strick baumelte dort, als wäre er eine Halskette. Die rechte Hand der Figur befand sich auf Höhe des Kopfes und streckte den Zeigefinger demonstrativ nach oben, als wolle er auf sich aufmerksam machen. Durch diese Pose konnte der Betrachter etliche Schnitte am Handgelenk der Figur sehen. Alles in allem eine unheimliche und verstörende Erscheinung.

Der unbekannte Nutzer schrieb Fumiko, dass er sie unbedingt außerhalb von Twitter kennenlernen wolle, er wollte sich mit der jungen Frau treffen – denn er könne ihr helfen, aus ihrer unglücklichen Situation zu entfliehen. Er stellte sich als der 25-jährige Kaito Tanaka vor. Als Haruto sich dann das Profil des Mannes anschaute, breitete sich bei ihm ein ungutes Gefühl in der Magengegend aus, denn auf seinem Profil schrieb Kaito darüber, dass er sich gut mit Selbstmord auskennen würde und Betroffenen dabei helfen könne, sich erfolgreich das Leben zu nehmen.

Das war Haruto zu viel. Umgehend wandte er sich an die örtliche Polizei und zeigte diesen das Profil des unbekannten Twitter-Nutzers und dessen Einträge. Die Polizei begann unmittelbar mit der Untersuchung und Auswertung des besagten Profils.

Unter anderem prüften die Beamten, ob der Unbekannte zusätzlich in Kontakt mit anderen Twitter-Nutzern stand. Dabei stießen sie auf das Profil eines weiteren jungen Mädchens, welches kürzlich ebenfalls zahlreiche Nachrichten mit Kaito Tanaka ausgetauscht hatte. Die beiden hatten bisher anscheinend nur über die Onlineplattform kommuniziert und sich noch nie im echten Leben getroffen. Dennoch schien es so, als hätte sich eine intime und enge Bindung zwischen den beiden entwickelt. Denn Kaito Tanaka sprach davon, dass er seine Chatpartnerin lieben würde. Da die Polizisten keine direkte Verbindung zwischen dem Verschwinden von Fumiko Nakamura und Kaitos anderer Internet-Bekanntschaft herstellen konnten, kontaktierten sie das Mädchen und überredeten es, sich mit dem jungen Mann zu verabreden.

»Selbstverständlich«, so versicherte ein Ermittler dem Mädchen, »würden Sie bei dem Treffen mit Kaito nicht allein sein. Ein paar unserer Ermittler werden Ihnen unbemerkt folgen. So garantieren wir Ihre Sicherheit.« Das beruhigte das junge Mädchen und es willigte ein. Es vereinbarte ein persönliches Treffen mit Kaito und am 30. Oktober 2017 war es dann so weit. Als Treffpunkt hatten sich die beiden einen gut besuchten Bahnhof ausgesucht. Als die Beamten den Mann sahen, der hinter dem Twitter-Profil *Hangman* steckte, erkannten sie ihn doch tatsächlich wieder.

Diesen Mann hatten sie bereits zuvor auf einer Überwachungskamera gemeinsam mit Fumiko gesehen, konnten ihn damals aber weder ausfindig machen noch identifizieren. Durch das inszenierte Treffen hatten die Ermittler nun die Gelegenheit, ihm bis zu seinem Apartment zu folgen. Kurz nachdem der Mann in seiner Wohnung verschwunden war, klopften die Ermittler an seine Tür. Es dauerte nicht lange, da öffnete er ihnen. Er hatte eine sehr einengende, 13,5 Quadratmeter kleine Wohnung.

Die Ermittler fragten den Mann, ohne lange zu zögern, wo Fumiko Nakamura sei. Im ersten Moment schaute er die Ermittler verdutzt an, dann sah er sich in seinem Apartment um, bis sein Blick etwas fixierte. Die Beamten folgten Kaitos starrem Blick und sahen ...

WAS FIXIERTE KAITO TANAKA MIT SEINEM BLICK?

[a] Das Bett ▲4 ▶3
[b] Den Kühlschrank ▼1 ▶4
[c] Den Mülleimer ◀3 ▲4

›Kapitel 10‹

Die mit dem Marker farbig hervorgehobenen Worte ergeben die Lösung. Das Lösungswort, das man aus den Anfangsbuchstaben der markierten Worte bilden kann, lautet *Serial Killer*. Es handelte sich hier also um einen Serienmörder. Dies versetzte die Kleinstadt in Angst und Schrecken. Eltern ließen ihre Kinder nicht mehr allein auf der Straße spielen und vor allem ältere Frauen isolierten sich aus Furcht vor einem Angriff des unbekannten Täters. Die kleine Hoffnung, dass es sich vielleicht doch nicht um einen Serientäter handelte, wurde am 16. Mai 2008 zerschlagen, als die brutal zugerichtete Leiche einer weiteren älteren Dame gefunden wurde. Das Opfer wurde ebenfalls gefoltert und mehrfach vergewaltigt, anschließend erdrosselt und mit einem Telefonkabel verschnürt. Dem Tathergang der vorigen Morde entsprechend wurde die Leiche der Frau außerhalb der Stadt auf einem Müllhaufen nahe dem örtlichen Fußballplatz gefunden.

Der leblose Körper konnte als die 65-jährige Sonja Wozniak identifiziert werden. Die Lebensumstände von Sonja Wozniak gliederten sich reibungslos in das Opferprofil der vorangegangenen Morde ein: Sie hatte als Putzfrau an der örtlichen Grundschule gearbeitet, war inzwischen aber pensioniert. Sie lebte im gleichen Teil der Kleinstadt Kičevo, in unmittelbarer Nähe von Ivana Todorovskas und Mila Nikolićs Wohnort.

Am 07. Mai 2008 hatte ein Unbekannter Sonja Wozniak darüber informiert, dass ihr Sohn in das örtliche Krankenhaus eingewiesen worden sei – wie sich später herausstellte eine frei erfundene Falschmeldung. Sie hatte ihre Wohnung verlassen – und war verschwunden. Im Gegensatz zu den anderen Opfern hatte der Täter bei Sonja Wozniak unsauberer gehandelt, fast als hätte er es eilig gehabt. Nicht nur, dass ihre Leiche bereits neun Tage nach ihrem Verschwinden gefunden wurde. Sie war überdies bei ihrem Auffinden nur mit einem Morgenrock bekleidet und der Täter hatte Spuren hinterlassen: Spermienreste, die der Polizei eine eindeutige DNA-Sequenz lieferten.

Mit der forensischen Untersuchung kam nun auch die Gewissheit, dass es sich um einen Serientäter handeln musste. Die an Sonja Wozniak gefundenen DNA-Spuren stimmten mit denen überein, die zuvor am ersten Opfer Ivana Todorovska gefunden worden waren. Die Kleinstadt Kičevo stand unter Schock.

Lediglich eine Berufsgruppe profitierte von den sich wiederholenden Taten, die immer brutaler wurden: die Journalisten. Vor allem Aleksandar Novak nutzte diese in Kičevo seltene Chance und schlachtete jedes dieser Ereignisse aus, so gut es ging. Er war der Reporter, der so nah am Geschehen dran war, dass er sogar Interviews mit den Angehörigen führen durfte. Zusätzlich hatte Novak weitere unschlagbare Quellen, mit welchen er seine berufliche Konkurrenz regelmäßig in den Schatten stellte.

Aber nicht nur das, er war der Reporter, der seinen neuesten Artikel am schnellsten – meist schon wenige Tage nach einem erneuten Vorfall oder Hinweis – veröffentlichte. Am 19. Mai schrieb Novak in der Zeitung *Makedonija News* über den Schleier des Grauens, der sich über die einst so friedliche Kleinstadt gelegt hatte: »Die Menschen in Kičevo leben in Angst und Panik, nachdem am Wochenende eine weitere abgeschlachtete Frau aus der Stadt gefunden wurde. Sowohl die örtliche Polizei als auch die Stadtbevölkerung betrachten das mysteriöse Verschwinden und den schrecklichen Tod von Sonja Wozniak und Mila Nikolić als das Werk einer einzigen Person. Das Werk eines Serienmörders. Und das Beunruhigendste ist, dass, obwohl seine Opfer einem klaren Profil entsprechen, niemand mit Sicherheit weiß, wie der Mörder seine Ziele auswählt. Die Motive des Monsters von Kičevo sind noch immer unklar.«

In einem weiteren Artikel berichtete er über den aktuellen Stand der Ermittlungen und veröffentlichte, dass die Polizei von Kičevo bereits mehrere Verdächtige befragt und teilweise schon wieder ausgeschlossen habe.

Weiterhin schrieb er, dass er sich mit der Familie des letzten Opfers ausgetauscht habe. Er habe sich von den Angehörigen genau beschreiben lassen, wie sie die Umstände rund um Sonja Wozniaks Verschwinden wahrgenommen hatten. Möglicherweise sei der Familie ja irgendetwas aufgefallen, ohne in diesem Moment zu begreifen, wie essenziell es für die Ermittlungen war. Oder sie hätten eine eigene Vermutung darüber, wer ihrer geliebten Sonja so etwas habe antun können.

Die detaillierten Artikel von Aleksandar Novak wurden von der ganzen Gemeinde gelesen. Auf der einen Seite schreckten sie die Leser ab und auf der anderen Seite bedienten sie eine unstillbare Neugier der Einwohner. Selbst die Polizei von Kičevo zeigte sich von Novaks investigativer Arbeit beeindruckt und las daher fleißig jeden Artikel, den der Journalist veröffentlichte. Doch ein Detail ließ die Beamten stutzen ...

WAS MACHT DIE BEAMTEN STUTZIG?

[a] Geheime Informationen ▲1 ◀4
[b] Das Veröffentlichungsdatum des Artikels ▼3 ▶1
[c] Der Interviewpartner ▼3 ◀3

19. MAI 2008 KIČEVO, NORD MAZEDONIEN

MAKEDONIJA NEW

NACHRICHTEN AUS DER REGION

19. MAI 2008 KIČEVO, NORD MAZEDONIEN

Das Monster von Kičevo schlägt erneut zu!

von Aleksandar Novak

Die Menschen in Kičevo leben in Angst und Panik nachdem am Wochenende eine weitere abgeschlachtete Frau aus der Stadt gefunden wurde. Sowohl die örtliche Polizei als auch die Stadtbevölkerung betrachten das mysteriöse Verschwinden und den schrecklichen Tod von Sonja Wozniak und Mila Nikolić als das Werk einer einzigen Person. Das Werk eines Serienmörders. Und was am beunruhigendsten ist: Obwohl seine Opfer einem klaren Profil entsprechen, wusste niemand mit Sicherheit, wie der Mörder seine Ziele ausgewählt hat. Die Motive des Monsters von Kičevo sind noch immer unklar. Die Herangehensweise hingegen ist eindeutig: Der Täter entführt seine Opfer, hält diese einige Zeit fest und foltert sie, bevor er sie letztlich ermordet. Ein furchtbarer Kampf um Leben und Tod, welchen bereits drei Frauen verloren haben. Die örtliche Polizei arbeitet auf Hochtouren und konnte im Rahmen ihrer Ermittlungen den Taxifahrer Kadir Stojanova in Gewahrsam nehmen. Welche Beweismittel die Polizei gegen den Familienvater hat ist derzeit nicht bekannt. Auch ein Nachbar von Ivana Todorovska († 2005) und Mila Nikolić gilt zum aktuellen Zeitpunkt als dringend tatverdächtig. Filip Trajkovski lebte bis vor kurzem in unmittelbarer Nähe zu den Opfern und ist seit dem Verschwinden von Sonja Wozniak († 2008) am 07. Mai 2008 nicht mehr auf seiner Arbeit im örtlichen Krankenhaus erschienen. Laut seinem Arbeitgeber hat er sich nie abgemeldet. In einem langersehnten Gespräch gab Sonja Wozniaks Sohn Nico Wozniak nun preis, dass er am Boden zerstört sei und nicht verstehen könne, wer seiner Mutter etwas so furchtbares antun könne. Seine Mutter wurde am 07. Mai 2008, fälschlicherweise über die Einweisung ihres Sohnes in das örtliche Krankenhaus informiert und galt seitdem als vermisst. Bereits am 16. Mai 2008 wurde ihre schlimm zugerichtete und nahezu unbekleidete Leiche gefunden. Auch Sonja Wozniak wurde gefoltert, vergewaltigt, mit einem Telefonkabel erdrosselt und daraufhin mit diesem gefesselt und letztendlich entsorgt. Auf eine Frage bezüglich des tatverdächtigen Nachbars Filip Trajkovski dürfe Sonja Wozniaks Sohn sich aufgrund der laufenden Ermittlungen aktuell nicht weiter äußern. „Herr Trajkovski" war schon immer ein in sich gekehrter, merkwürdiger Vogel. Mehr kann ich dazu nicht sagen." so die Worte des jungen Mannes.

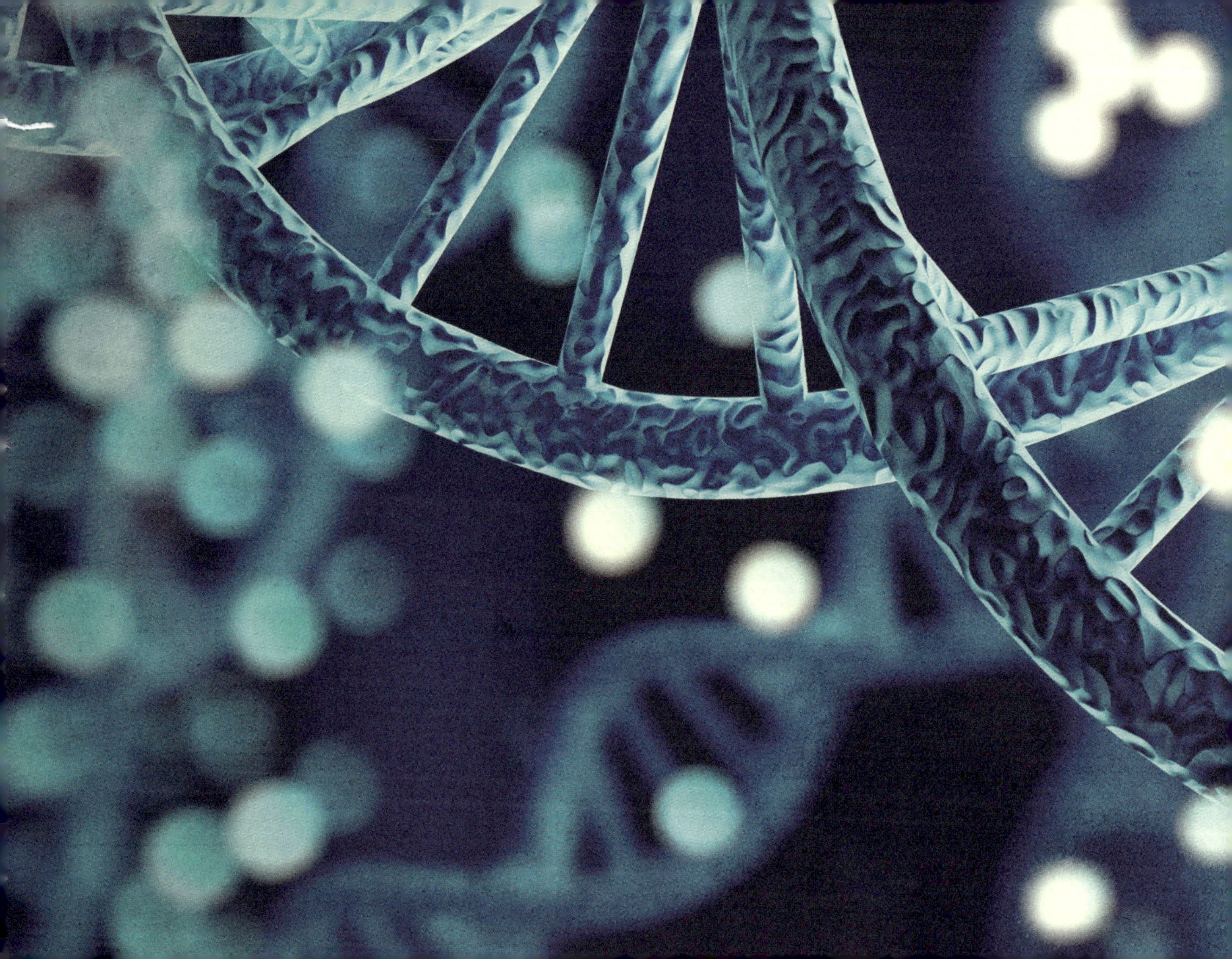

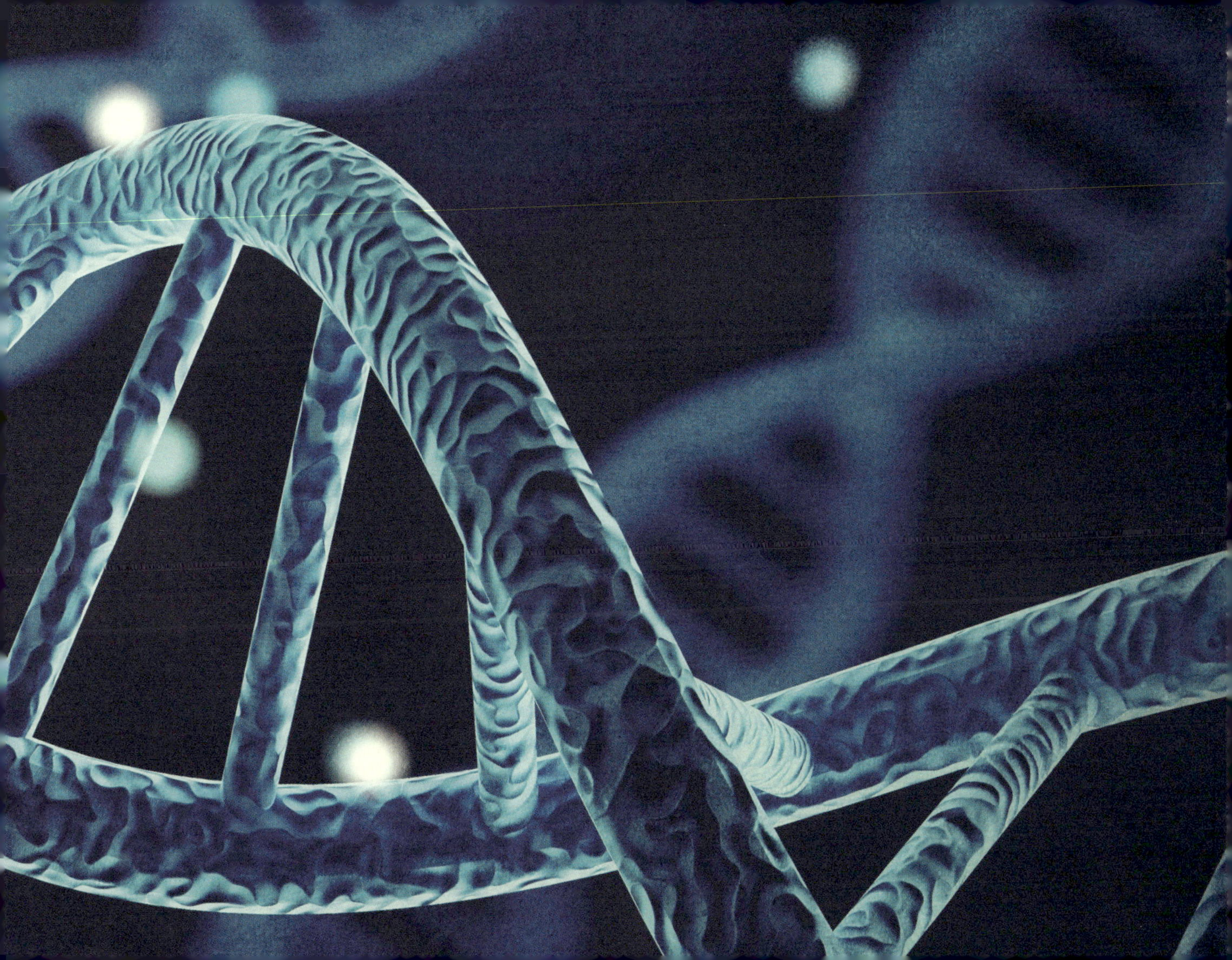

>Kapitel 11<

Novak schrieb in seinem Bericht sehr detailliert über den Zustand von Sonja Wozniaks Leiche. Sonja Wozniak wurde mit einem Telefonkabel erdrosselt und anschließend gefesselt zwischen Müllsäcken aufgefunden. Dass es sich hierbei um ein und dasselbe Kabel handelte, war nie an die Öffentlichkeit durchgedrungen. Bei einer laufenden Ermittlung werden solche Details oftmals bewusst zurückgehalten – wie auch in diesem Fall. Bei der Information, dass Frau Wozniak mit demselben Telefonkabel erdrosselt wurde, mit welchem sie letztendlich auch gefesselt worden war, handelte es sich demnach um Insider- oder Täterwissen.

Von Beginn der Mordserie an schien es so, als wäre Novak seinen Kollegen und Kolleginnen immer einen Schritt voraus. Vor allem sein letzter, überaus detaillierter Artikel stimmte so manchen Ermittler nachdenklich. Manche vermuteten, es könnte einen Informanten innerhalb der Polizei geben. Der Informant könnte aber ebenso gut eine Person sein, die mehr mit den Morden zu tun hatte, als sie zugab.

Novak sprach im Rahmen seiner Recherche mit etlichen Menschen. Unter anderem mit den Angehörigen, Freunden und Bekannten von allen drei Opfern und mit wichtigen Augenzeugen. Ein Interview mit einem direkten

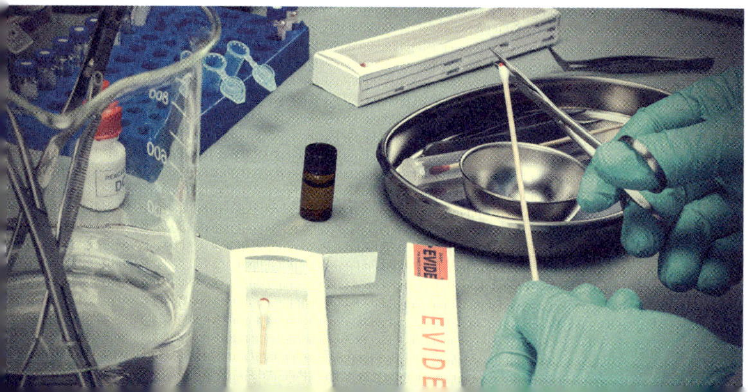

Nachbarn der drei Mordopfer sowie das Gespräch mit einem Taxifahrer entpuppten sich als verdächtig. Die beiden Herren waren ohnehin schon in das Visier der ermittelnden Beamten gerückt und galten als Verdächtige in der Mordserie. Hatte Novak bei den Interviews möglicherweise mit dem Täter gesprochen und war über diesen Weg an eben solch prekäre Informationen gelangt?

Darüber hinaus versuchte er, der Polizei und der Staatsanwaltschaft noch nicht veröffentliche Details zu entlocken. Doch die Polizei von Kičevo schwieg. Schließlich wollte keiner der Beamten das Ermittlungsverfahren gefährden und somit die Chance vermasseln, den Täter zu fassen. Einen stichhaltigen Hinweis auf eine Quelle innerhalb der Polizei gab es nie.

Durch die eiserne Verschwiegenheit der involvierten Ermittler gelang es, wichtige Beweise, Indizien und Erkenntnisse zu der Mordserie unter Verschluss zu halten. Dies verschaffte den Ermittlern einen wichtigen Vorsprung, denn der Täter würde sich so in Sicherheit wiegen. In Wirklichkeit war die Polizei ihm dicht auf der Spur.

Das unvorsichtige und offenbar hektische Handeln, welches der Täter bei Sonja Wozniaks Ermordung an den Tag gelegt hatte, hatte nicht nur Spermien und damit DNA-Spuren an der Leiche hinterlassen. Zusätzlich wurde am Fundort der Leiche ein Trikot mit Blutsprenkeln gefunden. Die Untersuchung dieser Blutsprenkel im forensischen Labor bestätigte, dass es sich dabei nicht um Blut des Opfers handelte. Aber vielleicht um Blut des Täters?

Durch die Untersuchung ließen sich Rückschlüsse auf den vermeintlichen Täter ziehen. Zusätzlich zu dem Geschlecht eines Täters kann anhand einer Blutprobe auch das Alter der jeweiligen Person eingegrenzt werden. Wertvolle Zusatzinformationen, die das Täterprofil immer konkreter werden ließen und damit den Kreis der Verdächtigen deutlich eingrenzten.

Die Polizei von Kičevo konnte nunmehr von folgendem Täterprofil ausgehen: Bei dem gesuchten Täter handelte es sich um einen Mann mittleren Alters, der mit hoher Wahrscheinlichkeit allein handelte. Die brutal zugerichteten Leichen der Frauen ließen darauf schließen, dass der Täter außergewöhnlich stark war; die in der Regel akribische Durchführung seiner Taten deutete auf einen Täter mit überdurchschnittlicher Intelligenz hin. Die sexuellen Übergriffe an den Frauen ließen auf eine tief sitzende sexuelle Frustration schließen; die nah beieinanderliegenden Wohnorte der Frauen darauf, dass der Täter ebenfalls heimisch in der Gemeinde war und seine Opfer vermutlich kannte.

Durch die erhebliche Eingrenzung der Verdächtigen war es möglich, einen groß angelegten DNA-Test durchzuführen: Die Polizei forderte alle Männer, welche mit dem mutmaßlichen Täterprofil übereinstimmten, auf, eine DNA-Probe abzugeben. Zu den Hauptverdächtigen gehörten der von den Ermittlern bereits vernommene Taxifahrer Kadir Stojanova, der dubiose Nachbar der älteren Damen, Filip Trajkovski, und der überambitionierte Journalist Aleksandar Novak.

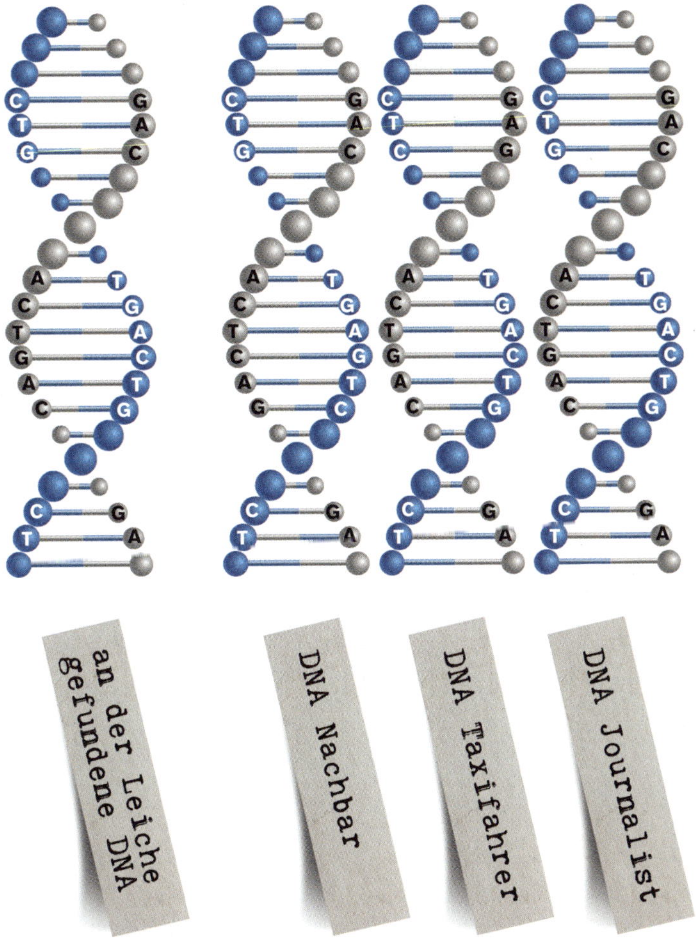

BEI WELCHER DNA-PROBE GIBT ES EINEN TREFFER?

Bei der Probe …

[a] des Taxifahrers Kadir Stojanova ▶2 ▲3
[b] des Journalisten Aleksandar Novak ◀1 ▲4
[c] des Nachbarn Filip Trajkovski ▼4 ▶2

>Kapitel 3<

Bob Miller warf einen Blick auf die Akten, probierte mehrere Möglichkeiten aus und kam schnell auf die Lösung. Die erste Akte sagte nicht die Wahrheit, somit konnte es nicht die dritte Akte sein, und diese verwies auf Akte 1. Also blieb nur noch Akte 2 als Lösung übrig. In dieser Akte fand er auch weitere Infos über Daniel Loyer.

Der so beliebte und unscheinbare Daniel war beileibe kein unbeschriebenes Blatt: Geboren war er am 15. Februar 1939. 1961, mit 22 Jahren, hatte er gemeinsam mit einem Freund eine örtliche Schulbusgarage in Brand gesetzt. Für diese Tat war er zu einer dreijährigen Gefängnisstrafe verurteilt worden, war jedoch aufgrund guter Führung nach nur 20 Monaten wieder freigelassen worden.

1972 folgte eine Verurteilung wegen Entführung und Vergewaltigung in zwei Fällen. Für diese Taten saß er allerdings nur sechs Monate im Gefängnis. Vier Jahre später wurde er aufgrund eines missglückten Diebstahles zu fünf Jahren Haft verurteilt. Diese Strafe wurde im Nachhinein jedoch als verhältnismäßig zu hart empfunden, weswegen Daniel nur ein Jahr absitzen musste. 1981 folgte der nächste Eintrag in Form eines Versicherungsbetruges.

Obwohl die Beschreibung des Täters auf Daniel hinwies, gab es ein schwerwiegendes Problem in der Theorie der Ermittler: Der Verdächtigte konnte ein Alibi für die Tatzeit der Entführung von Wendy Dickens vorweisen. Die Ermittler suchten die beiden Geschäftsmänner, die Loyers Alibi bestätigt hatten, erneut auf. Dieses Mal mussten sie ihre Aussage vor einer Grand Jury tätigen, eine Falschaussage vor dieser Instanz würde eine Straftat darstellen. Als die Geschäftspartner Daniels im Zuge dessen auch noch erfuhren, dass er als Verdächtiger in den lokalen Mordfällen galt, knickten die Männer ein. Sie räumten ein, dass sie an jenem Tag nicht bei ihm gewesen waren, dass Daniel sie vielmehr um die Falschaussage gebeten habe.

Die Ermittler waren sich sicher, dass dies für einen Durchsuchungsbeschluss reichen würde. Doch die zuständige Staatsanwaltschaft forderte dazu eine genaue Liste an mit Gegenständen, welche die Ermittler in Loyers Haus vermuteten.

Ganz oben auf der Liste stand die Tatwaffe. William war der Meinung, dass das Gewehr für den Täter von hoher Bedeutung sei und dass dieser es daher an einer besonderen Stelle im Haus aufbewahren würde. Ein Ort, der jedoch nicht für jeden frei zugänglich sein würde. Weiter würden sie in seinem Haus diverse Trophäen seiner Opfer, etwa Schmuck oder Ausweisdokumente, finden. Er vermutete, dass der Täter einige dieser Schmuckstücke an seine Familie oder Freunde verschenkt haben könnte.

William ergänzte die Liste für den Staatsanwalt noch durch einen persönlichen Gegenstand des Täters: Er war sich sicher, dass der Täter seine Erlebnisse zu Papier bringen würde, um sich später immer wieder an seinen Taten ergötzen zu können – kurz, die Ermittler gingen davon aus, eine Art Tagebuch des Täters aufzufinden. Diese konkrete Liste reichte der Staatsanwaltschaft aus und die Ermittler bekamen ihren Durchsuchungsbeschluss.

Am 27. Oktober 1983 durchsuchten sie Daniel Loyers Haus. Wie erwartet wurden sie schnell fündig: Sie entdeckten eine Reihe von Schusswaffen – darunter auch eine Ruger Mini 14, Kaliber 223. Wie vermutet waren die Waffen gut versteckt, sie befanden sich unter einem doppelten Boden auf dem Dachboden des Familienhauses. In diesem Versteck befanden sich außerdem etliche Schmuckstücke und Ausweispapiere der vermissten Frauen. Zudem fanden die Ermittler einige Zeitungsausschnitte mit Artikeln, in denen über die Taten berichtet wurde. Im Keller des Hauses stießen sie dann auf den Raum, welchen Wendy beschrieben hatte – seinen »Hobbyraum«. Ein kleiner, schallisolierter Raum, der hinter einer Wandverkleidung versteckt war.

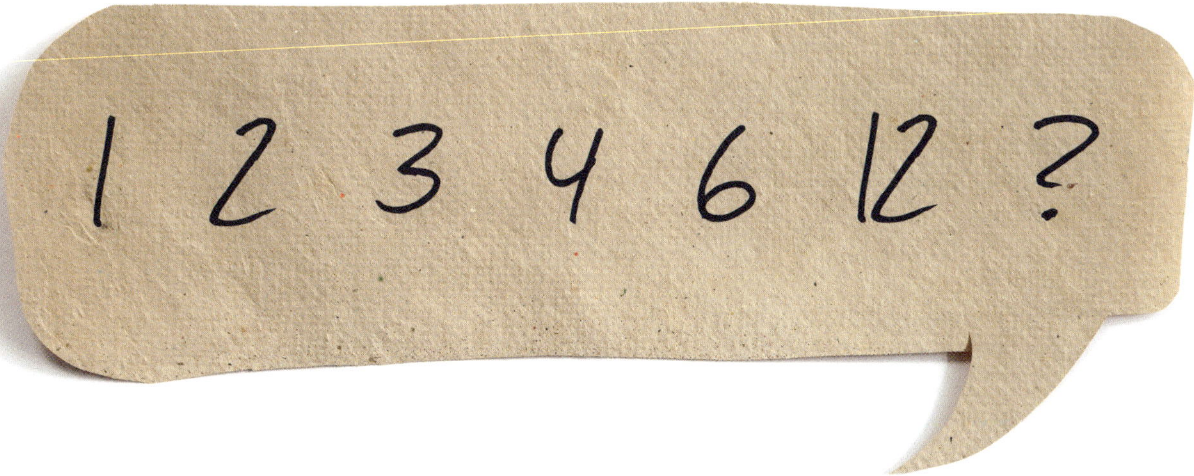

Viele der Schmuckstücke, die Loyers Frau und Tochter trugen, konnten später den Opfern zugeordnet werden. Die von William Kenner erstellte Liste war somit nahezu vollständig bestätigt, es fehlte nur noch ein letztes, entscheidendes Puzzleteil: das Tagebuch. Dies fanden sie zwar nicht, dafür eine Karte, die die Gegend rund um Anchorage abbildete. Darauf waren eine Menge roter X-Zeichen verteilt.

WIE VIELE KREUZE FINDET MAN AUF DER KARTE?

[a] 18 ▼2 ▶1

[b] 24 ▲2 ◀1

[c] 26 ▶2 ▲1

AB 92731452 A
B2

>Kapitel 2<

Das Flugzeug gehörte Daniel Loyer. Die Zahlen auf dem Flugzeug gaben die richtige Reihenfolge der Buchstaben an. D ist demnach der erste Buchstabe, A der zweite und so weiter, bis sich der gesuchte Name ergibt: Daniel. Wendys äußerliche Beschreibung ihres Entführers traf ebenfalls erschreckend genau auf Daniel zu: ein Mann mit Hornbrille und einem pockennarbigen Gesicht, der außerdem stark stotterte.

Der Name, Wendys Beschreibung – den Beamten kam das alles sehr bekannt vor. Die meisten von ihnen kannten diesen Mann, er war der lokale Bäcker. Seine Bäckerei befand sich in einem kleinen Kaufhaus in der 9th Street, in welcher sich die Ermittler regelmäßig ihr Mittagessen besorgten. Bereits seit 1967 lebte er mit seiner Frau Libby und den zwei gemeinsamen Kindern in Anchorage. Seine Frau arbeitete als Lehrerin an einer der örtlichen Schulen. Daniel war als lokaler Jagdmeister bekannt. Er hatte einige Rekorde gebrochen, mit welchen er sich im Buch der Weltjagdrekorde von Pope & Young verewigt hatte. Als zuvorkommender Mann war er in der Gemeinde bekannt und beliebt.

Die Ermittler gingen den Anschuldigungen ihrer Zeugin nach und fuhren noch am Abend desselben Tages zu Daniel Loyers Haus in der Old Harbour Road. Sie klopften an die Tür des Familienhauses und schnell öffnete Daniel ihnen. Da stand er nun, freundlich lächelnd, mit seiner großen, schwarzen Hornbrille auf der Nase. Sie konfrontierten ihn mit den Vorwürfen, die gegen ihn vorgebracht worden waren. Daniel reagierte zunächst ungläubig, dann sehr aufgebracht. Er gab zu, dass er Wendy einmal getroffen hatte, dabei hätte er ihr jedoch kein einziges Haar gekrümmt. Er könnte sich ihre Anschuldigungen nur so erklären, dass sie ihn mit diesen erpressen wollte, um an Geld zu kommen. Schließlich besäße sie davon nicht besonders viel. Ganz davon abgesehen könnte man, seiner Meinung nach, eine Prostituierte ja auch gar nicht vergewaltigen. Schließlich sei es ihr Job, mit ihren Kunden zu schlafen.

Zusätzlich gab er an, ein Alibi zu haben: Zwei seiner Geschäftspartner – John Birming und Charles Smith – seien heute bei ihm zum Essen gewesen. Bereitwillig versorgte er die Ermittler mit den Kontaktdaten seiner Geschäftspartner und diese bestätigten, dass sie an diesem Abend bei Daniel gewesen waren. Sie gehörten zu den angesehensten Männern der ganzen Stadt und ihre Glaubwürdigkeit wurde als sehr hoch eingestuft. Es stand also deren Wort gegen das einer 17-jährigen Prostituierten.

Als sich Wendy dann auch noch weigerte, sich einem Lügendetektortest zu unterziehen, beschlossen die Ermittler, den Männern die Theorie abzunehmen, dass Wendy gelogen habe, um auf diese Weise schnell Geld zu verdienen. Doch ein Beamter blieb skeptisch.

Bob Miller war es, der Wendy an jenem Tag im Motel von ihren Fesseln befreit und anschließend befragt hatte. Als sie von der Tat erzählte, schien sie unfassbar aufgelöst. Konnte diese Hysterie gespielt gewesen sein? Von einem unguten Gefühl im Zusammenhang mit den Frauenmorden der letzten Jahre getrieben, kontaktierte er das FBI, die zentrale Sicherheitsbehörde der Vereinigten Staaten, und bat um dessen Unterstützung.

Kurz darauf wurde der überaus erfahrene Profiler William Kenner nach Anchorage geschickt, um den Ermittlern bei der Suche nach dem vermeintlichen Serientäter unter die Arme zu greifen. Er ließ sich von den zuständigen Ermittlern alle Unterlagen zu den bisher bekannten Mordfällen zukommen und arbeitete diese Stück für Stück durch. Dabei ließ er kein Detail unbeachtet, auch wenn es auf den ersten Blick vielleicht nicht wichtig erschien. Denn wenn er eines in seiner jahrelangen Laufbahn gelernt hatte, dann, dass jedes noch so nichtig erscheinende Detail ausschlaggebend sein konnte. Nach eingehender Recherche hatte er ein Täterprofil erstellt.

Seiner professionellen Meinung nach gab es viele Hinweise auf einen Täter. Die Grausamkeit, mit der die Frauen ermordet wurden, ließ darauf schließen, dass er aus einem starken Gefühl heraus tötete. Vielleicht aus Rache, weil er in der Vergangenheit oft von Frauen abgelehnt worden war – was zu einem geringen Selbstwertgefühl geführt haben könnte. Auch der Schluss, bei dem Täter könne es sich um einen Jäger handeln, lag nahe. William war davon überzeugt, dass Jäger oft Menschen seien, die durch das Jagen an eine Art Kontrolle und Macht kamen, die ihnen in anderen Lebensbereichen fehlte. Wenn dem so war, würde der Täter sicher auch Trophäen sammeln, wie etwa Schmuck oder Ausweisdokumente der Opfer. Aufgrund der abgelegenen Fundorte der Leichen müsste der Täter außerdem im Besitz eines eigenen Flugzeuges sein. Da es sonst kaum Hinweise gab, ging William von einem bis ins kleinste Detail organisierten Täter aus. Dies alles teilte er unverzüglich Bob Miller mit, der es sogleich in seinen Akten notierte.

WELCHE AKTE IST DIE RICHTIGE?
ZWEI AKTEN SIND FALSCH BESCHRIFTET.

a] Akte 1 ▼4 ◀3
b] Akte 2 ◀2 ▼1
c] Akte 3 ▲3 ▶3

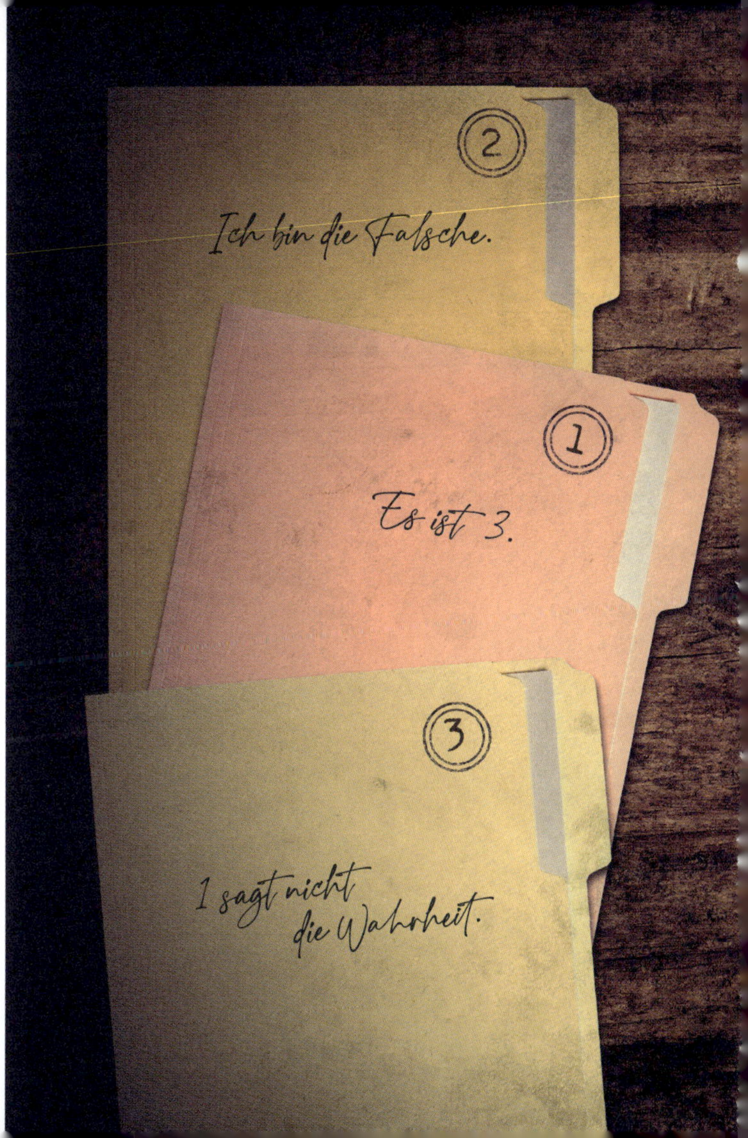

›Kapitel 25‹

L1GH7! Das war das Kennzeichen, welches Glens weißer Honda Accord trug. Nachdem die Ermittler dies über die Kfz-Zulassungsstelle herausgefunden hatten, ging alles ganz schnell: Mittels des Kennzeichens konnte Glens Auto lokalisiert werden. Sein Wagen wurde auf dem Parkplatz eines Double Tree Hotels in Orange County, Florida, gesehen. Glen war also vermutlich dort. Hatte er vielleicht gar nicht mitbekommen, was mit seiner Familie passiert war? Oder war er verantwortlich für dieses Blutbad?

Die Ermittler hatten zu diesem Zeitpunkt keine Beweise gegen Glen in der Hand. Es gab keine Tatwaffe, keine DNA-Spuren und keine Fingerabdrücke. Der Täter hatte es verstanden, seine Spuren zu verwischen. Obwohl Glen aufgrund des Mangels an Beweisen nicht als Verdächtiger, sondern lediglich als Zeuge galt, verhielt er sich äußerst merkwürdig: Als die Polizeibeamten an der Zimmertür seines Hotelzimmers klopften, öffnete er die Tür und ging unmittelbar auf die Knie und hielt die Hände hinter den Kopf.

In der darauffolgenden siebenstündigen Vernehmung auf dem Polizeirevier erzählte Glen den Ermittlern unverblümt, was zwischen ihm und seiner Familie geschehen war. Hierbei ließ er kein Detail aus und berichtete über seine Internetsucht, seine Onlinebeziehung, das geklaute Geld und die schlimmen Auseinandersetzungen. Mit den Morden wollte er allerdings nichts zu tun haben. Als er das Haus am Abend des besagten Tages verlassen habe, so beteuerte er, sei es seiner Familie noch gut gegangen. Stattdessen glaube er zu wissen, wer dafür verantwortlich sein könnte: sein älterer Bruder Cedric. Schließlich habe dieser zu Glen gesagt, dass er sich um die Situation kümmern würde. Dass er damit Mord gemeint habe, sei Glen in diesem Moment nicht in den Sinn gekommen.

Doch die Ermittler glaubten Glen nicht. Denn ihnen war etwas aufgefallen: Während der gesamten Befragung hatte Glen nicht ein einziges Mal gefragt: »Warum bin ich überhaupt hier?« oder »Was ist denn passiert?« Die Ermittler hatten ihm aber niemals einen Überblick über die Situation gegeben. Von den Morden hatten sie nichts verlauten lassen. Offiziell konnte er daher gar nicht wissen, was mit seiner Familie passiert war. Obendrein verstrickte er sich zunehmend in Widersprüche bezüglich seines Tagesablaufes.

Nach Stunden der Befragung zeigte einer der Polizisten Glen die unzensierten Tatortfotos und fragte ihn unverblümt: »Sah deine Mutter so aus, als du gegangen bist? Und dein Vater? Und dein Bruder?« Doch nichts, keine Reaktion. Selbst als sein Bruder Justin auf der Wache auftauchte und ihn um die Wahrheit bat, beharrte er weiterhin auf seiner Unschuld. Obwohl alle Anzeichen auf Glen als Täter hindeuteten, gab es keinerlei physische Beweise und so mussten sie ihn am nächsten Tag wieder gehen lassen.

Auf der Suche nach Antworten nahmen die Ermittler den Tatort noch einmal unter die Lupe. Bei genauerer Betrachtung fielen ihnen einige blutige Schleifspuren in der Küche auf. Cole war von hinten erschossen worden, doch der erste Treffer hatte ihn wohl nicht getötet. Cole war zwar zu Boden gegangen, hatte jedoch versucht, sich mit letzter Kraft in Richtung des Telefons zu schleppen. Vergebens. Der Eindringling hatte erneut auf den Familienvater geschossen, noch bevor dieser das Telefon erreicht hatte.

Bei der neuerlichen Untersuchung fanden die Polizisten einige interessante Hinweise, welche den zunächst vermuteten erweiterten Suizid von Cedric ausschlossen.

Auf dem Boden gefundene Projektile passen nicht zu der neben der Leiche liegenden Waffe!!!

	7					9	2	8
					9		3	
1		2						
3				9		7		4
			8					6
			2					
5		1						
			4		5			
					3	4	9	

ES TUT MIR LEID,
WAS GERADE PASSIERT.
ICH WERDE MICH
DARUM KÜMMERN,
KEINE SORGE.

Cedric

WIE VIELE HINWEISE SPRECHEN GEGEN EINEN ERWEITERTEN SUIZID VON CEDRIC?

[a] 1 ◀4 ▼3
[b] 3 ▶2 ▼2
[c] 5 ◀4 ▲3

›Kapitel 13‹

Nachdem der Gefängniswärter fast jeden ihm möglichen Raum durchsucht hatte, blieb ihm nur noch eine letzte Möglichkeit: das Badezimmer der Gemeinschaftszelle. Als er diesen Raum betrat und sich genauer umsah, entdeckte er den Reporter mit dem Kopf in einem mit Wasser gefüllten Plastikeimer. Jegliche Wiederbelebungsversuche des Wärters scheiterten jedoch – Aleksandar Novak war tot.

Mona lehnte sich zurück und dachte nach. Es musste eine Verbindung der der „aktuellen" Fälle, die von den Podcasterinnen als neue Folgen für ihre Serie auserkoren worden waren, mit dem Verschwinden von Mia und Naomi. Musste!

Ein Martinshorn, das von draußen an ihr Ohr drang, ließ sie aus ihren Überlegungen hochschrecken. Sie lauschte kurz – das Auto schien wohl vorbeizufahren – und sah dann auf die Uhr. So spät schon? Sie sollte sich beeilen. »Dann machen wir uns mal an den vierten Unterordner«, murmelte Mona leise vor sich hin, klickte drauf *Süßes, sonst gibt's Saures* – und schon zog sie der nächste Fall in seinen Bann.

Dieser Fall spielte im Jahr 1957, am 31. Oktober – Halloween. In dieser Nacht gingen Liam Esposito und seine Frau Ava, nachdem sie etliche »Süßes oder Saures«-Sammler glücklich gemacht hatten und ihre jugendliche Tochter Judy von ihrer eigenen Tour wieder da war, gemeinsam in ihr Schlafzimmer im ersten Stock und ins Bett.

Liam Esposito war ein ehemaliger United States Marine. Als er seine zukünftige Frau Ava in den späten 1940er-Jahren kennengelernt hatte, hatte er in Kingston, New York, als Lastkraftwagenfahrer gearbeitet. Ava war zu diesem Zeitpunkt frisch geschieden gewesen und alleinerziehende Mutter von zwei Kindern. Liam und Ava hatten begonnen, sich regelmäßig zu treffen, und sich schon bald Hals über Kopf ineinander verliebt. Im Jahr 1956 hatten sie sich entschieden, einen langersehnten Traum in die Realität umzusetzen: Gemeinsam mit Avas Kindern war das Paar nach Los Angeles gezogen und hatte dort zwei Friseursalons eröffnet. Von nun an konnte sich Liam Esposito höchstpersönlich um die rote Haarpracht seiner Frau Ava kümmern – sie schienen wie das perfekte Traumpaar.

Zurück zur Halloweennacht: Im Haus war es dunkel. Ein leises Schnarchen wehte durch den Flur. Alles war ruhig. Bis es an der Tür klingelte. Ava drehte sich verschlafen zu ihrem Mann und forderte ihn auf nachzusehen, wer um diese späte Zeit noch störe. Sicherlich ein verspäteter Süßigkeitensammler, der um diese späte Uhrzeit noch auf Reste der alljährlichen Halloweensüßigkeiten hoffte, dachte sich Liam, als er die Treppe hinunterschlurfte. Der Nachzügler sollte bei den Espositos tatsächlich Glück haben, denn sie hatten noch eine große Schüssel voller Süßigkeiten übrig. Liam schnappte sich die Schüssel auf dem Weg zur Haustüre, öffnete diese und sagte: »Ist es dafür nicht ein bisschen zu spät?«

Stille. Dann hörte Ava dumpf völlig unbekannte Stimmen. Auf ein stumpfes »Nein« folgt ein ohrenbetäubender Knall und dann ging alles ganz schnell: Ava und ihre Tochter Judy sprangen aus ihren Betten und trafen aufeinander, als sie in Richtung der Treppe und so schnell wie möglich zur Haustüre eilten. Dort fanden sie ein entsetzliches Szenario vor: Liam lag mit dem Rücken nach unten in der geöffneten Haustüre. Er war nicht ansprechbar und atmete nicht mehr, unter ihm bahnte sich eine dunkelrot gefärbte Blutlache ihren Weg über den Fußboden.

Schockiert eilte Ava in die Küche und informierte umgehend die Polizei, dann rannte sie wieder zu ihrem Mann und versuchte, die Blutung zu stillen. Ihre Tochter Judy rannte derweil zum Haus ihrer Nachbarn. Aufgelöst klopfte sie an deren Haustüre, bis diese sich endlich öffnete und ihr ein Mitglied der Los Angeles Polizeibehörde gegenüberstand – Thomas Ridley, ihr Nachbar. Auch dieser informierte unverzüglich seine Kollegen und keine fünf Minuten später waren diese schon vor Ort.

Wie viele Mordmerkmale sind im Gesetz verankert?	[ ] Sieben	[X] Acht	[ ] Fünf	[ ] Neun
Welche Mordmerkmale gehören zu Fallgruppe 1?	[X] Mordlust	[ ] Gemeingefährliche Mittel	[X] Befriedigung des Geschlechtstriebs	
Welche Mordmerkmale gehören zu Fallgruppe 2?	[ ] Habgier	[ ] Grausamkeit	[X] Heimtücke	[ ] Neid
Die Mordmerkmale aus Fallgruppe 1 sind ...	[ ] Motivbezogen	[ ] Täterbezogen	[ ] Opferbezogen	
Die Mordmerkmale aus Fallgruppe 2 sind ...	[ ] Tatbezogen	[ ] Vorgehensweisebezogen	[ ] Mordmittelbezogen	
Die Mordmerkmale aus Fallgruppe 3 sind ...	[ ] Ermöglichungs- und Verdeckungsabsicht	[ ] Entführungsabsicht	[ ] Folterungsabsicht	

Liam wurde mit Blaulicht in das nächstgelegene Krankenhaus transportiert, doch die Ärzte konnten nur noch seinen Tod feststellen.

Die örtliche Polizei nahm rasch die Ermittlungen auf: Hatte Liam Esposito etwa Feinde gehabt? Wer könnte sich seinen Tod gewünscht haben? Ava Esposito war zu aufgelöst, um hilfreiche Hinweise zu liefern. Die Befragung, welcher sie sich kurz nach dem Tod ihres geliebten Mannes unterziehen musste, war für sie die reinste Tortur. Ihres Erachtens hatte ihr Mann keine Feinde, sondern war im Gegenteil überall ein gern gesehener Besucher, ein liebevoller Stiefvater und ein fleißiger und stets freundlicher Arbeitgeber. Liams Freunde und Verwandte bestätigten dies bei ihren Befragungen, auch sie könnten sich nicht vorstellen, dass irgendwer ein Problem mit Liam gehabt habe.

Recht schnell ging die Polizei daher von einem versuchten Raubüberfall aus, welcher schrecklich schiefging und letztendlich ungewollt ein tödliches Ende nahm. Doch die Vorgehensweise der Täter passte einfach nicht zu einem Raubüberfall: Warum sollte ein Einbrecher bei den Espositos klingeln und so auf sich aufmerksam machen? Wäre ein Dieb nicht viel vorsichtiger an die Sache rangegangen und hätte alles dafür getan, ungestört und unbemerkt zu bleiben?

Ein paar Tage nach dem grauenvollen Mord an Liam Esposito tappte die Polizei noch immer im Dunkeln: Am Tatort fanden sich kaum Hinweise. Außer dem zurückgebliebenen dunklen Fleck im Holzboden und ein paar Patronenhülsen wies nichts auf die grauenvolle Tat, die sich dort in der Nacht vom 31. Oktober abgespielt hatte.

Ratlos befragte die Polizei die Frau von Liam Esposito erneut. Irgendetwas musste sie doch wissen, irgendjemand müsste ihr doch aufgefallen sein, dachten sich die Beamten. Ava hatte sich in den letzten Tagen den Kopf darüber zerbrochen, wer etwas gegen ihren ansonsten so gern gesehenen Ehemann gehabt haben könnte. Tatsächlich hatte sich ein Name in ihre Gedanken eingeschlichen – und diesen gab sie umgehend an die ermittelnden Beamten weiter.

WELCHEN NAMEN GIBT AVA ESPOSITO AN DIE POLIZEI WEITER?

[a] Bill Avens ▶4 ▼3

[b] Debra Torres ▲1 ◀2

[c] Aria Moore ◀3 ▲1

›Kapitel 21‹

Die Ermittler hatten es geschafft: Die Jury entschied einstimmig und somit wurde Samuel Thompson des Mordes ersten Grades an Paige Young für schuldig gesprochen. Weitere Anklagepunkte gegen ihn beinhalteten die Entführung und den versuchten sexuellen Missbrauch. Für alles zusammengenommen erhielt Thompson eine lebenslange Haftstrafe ohne die Möglichkeit auf Bewährung.

Mona schmiss wütend eine alte Colaflasche vom Tisch. Die Flasche schlug mit lautem Poltern auf dem Boden auf, ging aber wider Erwarten nicht zu Bruch.

Das konnte doch nicht wahr sein – wieder nichts! Mona stand auf, sammelte die Flasche wieder ein und warf sie frustriert aus dem Fenster, wo sie laut klirrend auf dem Hinterhofpflaster zerschellte. Bisher hätte keiner der Fälle etwas mit dem Verschwinden der Mädchen zu tun gehabt haben können. Aber ein letzter Fall war ja noch offen. Scheiße, das mit der Flasche hätte sie nicht tun sollen! Als Mona nervös den nächsten Unterordner öffnete, *Venusfalle*, präsentierte sich ihr ein Fall, welcher eine glückliche Familie aus unvorstellbaren Beweggründen zerstört hatte.

Mathilda und Cole Ramirez lebten mit ihren drei Söhnen Justin, Cedric und dem jüngsten Sohn Glen in Chuluota, Florida. Die drei Jungs standen sich unheimlich nahe und hatten ein großartiges Verhältnis zueinander. Vor allem Glen und Cedric, welche nur ein Jahr Altersunterschied zueinander hatten, unternahmen alles gemeinsam und waren nicht nur Brüder, sondern beste Freunde.

Davon abgesehen war Glen Ramirez allerdings als schüchterner Einzelgänger bekannt. Sein Bruder Cedric war sein einziger richtiger Freund, denn auch wenn Cedric seinen jüngeren Bruder Glen häufig im Schlepptau hatte und Glen aktiv in seinen Freundeskreis integrierte, akzeptierten Cedrics Freunde dessen Anwesenheit zwar, waren aber nur wenig angetan davon.

Nachdem Glen erfolgreich seinen Abschluss im Bereich der Krankenpflege absolviert hatte, ergatterte er 2014 eine Stelle in einem örtlichen Krankenhaus und konnte nun seine eigenen Ziele und Träume verwirklichen – seine ganze Familie arbeitete im medizinischen Sektor und auch Glen hatte eine Leidenschaft für diesen Bereich. Doch im Juni 2018 dann ein herber Rückschlag: Glen wurde dabei erwischt, wie er acht Flaschen Propofol, ein verschreibungspflichtiges, intravenös zu verabreichendes Narkose- und Beruhigungsmittel, aus dem Krankenhaus entwenden wollte. Die Anklage gegen den jungen Mann wurde zwar schnell fallen gelassen, doch die fristlose Kündigung konnte er nach diesem Fauxpas nicht mehr abwenden.

Nun war Glen – der mit seinem Bruder Cedric noch bei den Eltern lebte – arbeitslos und seine Familie enttäuscht von seinem Verhalten. Obendrein setzten sie ihn mit der Frage, wann er sich denn endlich einen neuen Job suchen würde, zunehmend unter Druck. Die Anspielungen seiner Familie endeten oftmals in Streitereien und führten nicht zu dem von den Eltern angestrebten Ergebnis. Ganz im Gegenteil, Glen resignierte und flüchtete sich immer häufiger in eine Welt von Videospielen und Webcam-Shows. Glen war in dieser Phase seines Lebens durchgehend allein zu Hause und fühlte sich ausgesprochen einsam. Auf der Suche nach Zuneigung, Aufmerksamkeit und Liebe – welche in seinem echten Leben ausblieb – beschäftigte er sich im Internet mit Pornografie und buchte auch private Videositzungen mit einigen Darstellerinnen.

Eines der Webcam-Models hatte es ihm besonders angetan: Savannah, eine junge, bildschöne Frau aus Bulgarien. Savannah war die erste Person, die Glen das Gefühl gab, dass er etwas Besonderes sei – ein Gefühl, das Glen zuvor nicht gekannt hatte, aber ab diesem Zeitpunkt

nie mehr missen wollte. Um Savannah ebenfalls zu beeindrucken, kreierte er seine ganz eigene Online-Identität, für die er in die Rolle eines erfolgreichen Profi-Videospielers schlüpfte, der einen teuren Wagen fuhr und in seiner eigenen Wohnung lebte.

Sobald Glen die Website *freecamxxx.com* aufrief, suchte er darauf gezielt nach Savannah und buchte, wann immer es möglich war, eine private Videositzung mit seiner Auserwählten. Die beiden unterhielten sich stundenlang miteinander, so regelmäßig und intim, dass Glen schon bald eine liebevolle und enge Beziehung zu ihr aufbaute. Er sah in Savannah seine absolute Traumfrau, verliebte sich Hals über Kopf in sie und war überzeugt, Savannah erwidere seine Gefühle.

In jeder freien Minute interagierte Glen mit Savannah und obwohl er davon überzeugt war, dass die romantischen Gefühle auf Gegenseitigkeit beruhten, musste der junge Mann immer wieder tief in die Taschen greifen, um Zeit mit seiner Traumfrau verbringen zu können. Savannah rechnete ihre Dienste nämlich minütlich ab: Eine Minute mit ihr kostete 90 Tokens – eine Art Onlinewährung, mit welcher diese spezielle Website arbeitete. Glen hatte zunächst 5000 Tokens für 600 Dollar erworben – das würde ihm eine knappe Stunde mit seiner Traumfrau gewähren. Doch das reichte Glen nicht. Er wollte mehr. Gute vier Stunden pro Nacht verbrachte er damit, sich mit Savannah zu unterhalten oder ihr einfach nur wie besessen beim Tanzen zuzuschauen. Zusätzlich begann er, ihr kleine Aufmerksamkeiten und Geschenke wie Sexspielzeug und Dessous zukommen zu lassen. Letztere sollte die junge Frau während der privaten Videositzungen mit Glen tragen.

Zu Beginn beliefen sich Glens nächtliche Abbuchungen zugunsten von Savannah auf eine Summe von etwa 2500 Dollar pro Nacht – exklusive der Ausgaben für Geschenke. Doch selbst dies schien Glen auf Dauer nicht ausreichend zu befriedigen. Aus dem zunächst unverbindlichen Zeitvertreib schien eine ausgewachsene Sucht geworden zu sein. Zumindest ließen dies die nächtlichen Abbuchungsbeträge nur wenige Monate später vermuten.

WIE LAUTET GLEN RAMIREZ PASSWORT FÜR DIE WEBSITE *FREECAMXXX.COM*?

[a] CMjkg5IAD ▲4 ▶1
[b] CMjcg5MCO ▲1 ▶3
[c] CMjcc3DSM ◀1 ▼2

>Kapitel 14<

Debra Torres. Diesen Namen nannte Ava Esposito nach langem Zögern der Polizei auf deren Frage, wer ein Problem mit ihrem Ehemann gehabt haben könnte. Debra hatte sich wiederholt über Liam ausgelassen und beschwert. Wirklich davon überzeugt, dass ihre Freundin Debra etwas mit einem Mord zu tun haben könnte, war Ava allerdings nicht. Daher plagte sie nach ihrer Aussage auch prompt ein schlechtes Gewissen – die arme Debra. Sie könnte doch niemals einer Fliege etwas zuleide tun.

Debra war 1917 in Philadelphia, Pennsylvania, geboren, ihre Familie stammte ursprünglich aus Litauen. Debra war schon immer eine freiheitsliebende, kreative Seele und sie hatte eine Affinität zum Fotografieren und Schreiben. Dabei konnte sie ihrer kreativen Ader freien Lauf lassen. Schon bald arbeitete sie als freiberufliche Fotografin und durfte im Zuge dessen durch ganz Amerika reisen. Mehrmals segelte sie vom Hafen von San Pedro bei Los Angeles nach Honolulu, Hawaii, um sich inspirieren zu lassen. Zusätzlich hatte sie einige Kurse am College belegt und versuchte sich immer mal wieder als Schriftstellerin.

Kurz nach ihrer Scheidung im Jahr 1957 sehnte Debra sich danach endlich sesshaft zu werden, und war daher auf der Suche nach eine festen Arbeit – eine Anstellung, welche ihr Sicherheit und Freihei zugleich bieten sollte. Dabei lernte sie Liam Esposito kennen. Liam Esposito sicherte ihr eine Teilzeitstelle im Salon, zusätzlich könne si die Erstellung der Fotos für die beiden Friseursalons übernehmen, wurde vereinbart. Jackpot, dachte sich Debra, welche fortan unheimlich gerne im Salon der Espositos arbeitete.

Dies lag nicht zuletzt an der bezaubernden Ava Esposito, die ab und an ebenfalls im Salon war, um ihren Mann zu unterstützen. Aus der anfänglichen Sympathie wurde schnell eine enge Freundschaft zwischen Debra Ava und ihrem Mann Liam. Debra war hin und weg von der schönen Ava und bewunderte sie für ihr makelloses Erscheinungsbild. Als Liams und Avas Ehe nach ein paar Jahren in Los Angeles einmal bröckelte, war es Debra, die Ava und ihre beiden Kinder bei sich aufnahm und sich liebevol um sie kümmerte.

Debra war Liams und Avas Freundin. Sie hatte keinerlei Motiv, den beiden etwas anzutun. Dennoch ging die Polizei diesem einsamen Hinweis nach strich Debra nach gründlicher Investigation allerdings wieder von de Liste der Verdächtigen. Somit stand die Polizei wieder am Anfang ihre Ermittlungen. Sie hatten keinen einzigen Hinweis, keinerlei Anhaltspunkte und schon gar keinen Verdächtigen.

Indessen lag der Mord an Liam Esposito bereits einen Monat zurück und die Öffentlichkeit und vor allem seine Angehörigen forderten Antworten. Der Druck auf die Polizei wurde zusehends größer. Bis völlig unverhofft ein Anruf bei der Polizeibehörde einging. Die Person am anderen Ende der Leitung wollte jedoch unter allen Umständen anonym bleiben Nachdem ihr die Polizei dies zugesichert hatte, sagte die Frau, die Polize solle sich ein Schließfach in einem Laden in Downtown Los Angeles genauer ansehen. Dabei handelte es sich um ein Schließfach, welches öffentlich zugänglich war und somit von jedermann angemietet werden konnte. Die Polizei zögerte nicht lange, schickte umgehend eine Streife zu dem besagten Kaufhaus und ließ das genannte Schließfach untersuchen.

Nachdem die Polizisten ihre Dienstmarke vorgezeigt hatten, öffnete der Sicherheitschef des Kaufhauses den Ermittlern das Schließfach 701. Und siehe da, sie wurden fündig: In dem Schließfach befand sich eine Waffe. Es dauerte nicht lang, bis die kriminaltechnische Untersuchung der Waffe den Verdacht der Ermittler bestätigte: Bei der Waffe aus dem Schließfach handelte es sich um die Tatwaffe aus dem bisher ungeklärten Mordfall an dem Unternehmer Liam Esposito.

Mit dem Fund der Tatwaffe war die Polizei einen bedeutenden Schritt vorangekommen. Doch taten sich nun neue Fragen auf: Wer hatte das Schließfach angemietet? Und, viel wichtiger, wer war der Besitzer der darin deponierten Tatwaffe?

Zunächst einmal versuchte die Polizei ihr Glück, indem sie die auf der Tatwaffe eingravierte Seriennummer im nationalen Waffenregister überprüfte. Und entgegen allen Erwartungen spuckte die Datenbank tatsächlich einen Namen aus.

AUF WELCHE PERSON IST DIE WAFFE ZUGELASSEN?

[a] Debra Torres ▼2 ▶2
[b] Olivia Hill ▶3 ▲3
[c] Ava Esposito ▲1 ◀1

	1	2	3	4	5	6
A						
B						
C						
D						
E						

	1	2	3	4	5	6
A						
B						
C						
D						
E						

2: E5, C5, B2, D2, C4, A2, A5, B5, C2, D5, E2, C3

1: D5, A2, E2, C5, A3, E3, A4, B5, C1, D1, E4, B1

a series of arsons began after
healthy competition. The market for
equipment was divided among themselves
crowding out small private companies that did not
give up. The investigation puts forward several versions.
is the revenge of former competitors. It may be a war for
of spheres of influence by mafia structures. The
have not been canceled. Crime filled the whole city
attacks on civilians, deliberate road accidents. That's just
happening in parallel with this fire. The police and
of the city call on citizens to calm and assure that soon the
keep you informed.
12 MAY

›Kapitel 26‹

Gleich fünf Ungereimtheiten stachen den Ermittlern an Cedrics Fundort ins Auge: Cedrics Leiche lag in der angrenzenden Garage, doch an der Tür selbst waren keine Blutspritzer – die Tür war demnach offen gewesen, als Cedric erschossen wurde, und war erst nachträglich geschlossen worden.

Durch eine gerichtsmedizinische Untersuchung konnte rekonstruiert werden, dass der tödliche Schuss aus etwa einem Meter Entfernung abgefeuert worden war und Cedrics Schädel getroffen hatte. Die Blutlache befand sich allerdings zu Cedrics Füßen – seine Leiche war demzufolge nachträglich bewegt worden.

Auch die Entfernung der dort aufgefundenen Schusswaffe passte nicht zu einem Suizid. Dafür lag die Waffe zu weit weg vom Opfer. Außerdem passten die am Boden gefundenen Projektile nicht zu der dort aufgefundenen Schusswaffe. Die tatsächliche Tatwaffe war hingegen nicht gefunden worden. Doch am auffälligsten war die handschriftliche Notiz, welche Cedric angeblich geschrieben hatte: »Es tut mir leid, was gerade passiert. Ich werde mich darum kümmern, keine Sorge.« Unterzeichnet mit seiner Unterschrift. Doch diese passte nicht zu derjenigen, die die Ermittler auf seinen Ausweispapieren fanden.

Als Cedrics Freundin schließlich ihre Aussage machte und den Bruder ihres Freundes beschuldigte, sahen die Ermittler sich in ihrem Verdacht bestätigt: Mutmaßlich hatte Glen Ramirez seine Familie umgebracht. Bei seiner Festnahme hatte er ein Paar Lederhandschuhe, eine Kredit- und Debitkarte seines Vaters und eine Kreditkarte seines Bruders Cedric bei sich. Kurz darauf wurde Anklage wegen vorsätzlichen Mordes gegen ihn erhoben.

Bei Prozessbeginn im Juli 2019 behauptete Glen jedoch noch immer, dass er unschuldig sei.

Doch die Staatsanwaltschaft hatte genug Indizien gesammelt. Nich nur an Cedrics und Mathildas Fundort waren wichtige Erkenntniss gewonnen worden, sondern ebenfalls an dem des Familienvaters. Auc dessen Körper war nachträglich bewegt worden. Ferner hatten di Ermittler einen Blutfleck unter dem Waffenholster bemerkt, den Cedri am Körper trug. Ein Hinweis darauf, dass das Holster inklusive Waff erst nach den tödlichen Schüssen dort platziert worden war.

Was die Ermittler besonders stutzig gemacht hatte, war allerding Coles rechter Daumen gewesen, welcher gründlich abgewischt worde war. Als die Ermittler die Bankdaten des Familienvaters durchgegange waren, hatten sie den Grund dafür gefunden: Der Täter hatte Coles Daume nach seinem Tod verwendet, um Coles Handy zu entsperren un anschließend Geld zu überweisen. Der Empfänger des Geldes wa niemand Geringerer als Glen Ramirez gewesen.

Auch die Bankauszüge von Cedric Ramirez waren sehr aufschlussreic gewesen: Noch in der Nacht seines Todes war seine Kreditkarte mit eine Betrag von 600 Dollar belastet worden. Glen hatte die Kreditkart seines Bruders an sich genommen, um eine private Videositzung be seiner Herzensdame Savannah zu buchen, während er in seinem Aut auf dem Parkplatz eines Lebensmittelgeschäftes saß.

Aber all dies würde vor Gericht nur als Indizien durchgehen un somit höchstwahrscheinlich nicht zu einer Verurteilung führen. Doch di Staatsanwaltschaft hatte zudem noch einen handfesten Beweis au Lager: An den bei Glens Festnahme konfiszierten Handschuhen konnte Schießpulverrückstände nachgewiesen werden.

Während der Prozesstage saß Glen emotionslos auf der Anklage bank und zeigte keinerlei Reue – nicht einmal, als sein Bruder Justin vo Gericht in Tränen ausbrach. Es schien, als wäre er sich keiner Schuld bewusst

Bloß ein einziger, acht Seiten langer Brief, den Glen zwei Tage vor seinen Morden an seine Savannah geschrieben hatte, zeigte, dass er durchaus imstande war, Emotionen zu empfinden.Den geplanten Mord an seinen Eltern und seinem Bruder erwähnte er zwar nicht, er bereute aber sehr wohl, dass er Savannah belogen und enttäuscht hätte. Er schrieb, dass er sich niemals verzeihen könne, dass er Savannah damit verletzt habe. Er bat sie mehrfach um Vergebung und hoffe auf eine zweite, richtige Chance. Er würde alles tun, um ihr zu zeigen, wie er wirklich sei. Den Mord an seinen Eltern und seinem Bruder erwähnte er nicht.

Im August 2019 fiel das Urteil: Glen Ramirez wurde des dreifachen Mordes für schuldig befunden. Die zwölfköpfige Jury entschied sich gegen die Todesstrafe, weswegen Glen Ramirez mit einer lebenslangen Haftstrafe ohne die Möglichkeit auf Bewährung davonkam.

Mona klickte wütend auf das rote Kreuzchen in der Ecke des Unterordners. Auch Glen Ramirez konnte offensichtlich nichts mit dem Verschwinden von Mia und Naomi zu tun haben. Die Sache musste endlich ein Ende finden. Mona fischte ein Taschentuch aus ihrem Rucksack, nahm damit vorsichtig den Hörer des Telefons auf und wählte eine Nummer.

WAS GESCHIEHT ALS NÄCHSTES?

[a] Mona bekommt einen Anruf. ▶2 ▼1

[b] Mona findetdoch noch einen versteckten Unterordner. ◀3 ▲4

[c] Mona hört Polizeisirenen. ▼4 ◀2

›Kapitel 15‹

Olivia Hill also. Aber wer ist Olivia Hill? In welchem Verhältnis steht sie zu den Espositos? Die erste Frage konnten die Ermittler schnell beantworten: Olivia Hill wurde als Tochter deutscher Immigranten in Illinois geboren, sie lebte dort, bis sie sich 1940 aufmachte nach Los Angeles, der Stadt der Engel. Dort arbeitete Olivia als medizinische Sekretärin und lernte nur einige Jahre später ihren zukünftigen Ehemann Herbert Krome kennen, der seinen Lebensunterhalt als Apotheker verdiente. Doch die Ehe der beiden scheiterte schnell, nach nur wenigen Monaten entschieden sie sich, wieder getrennte Wege zu gehen.

Nachdem sie ihren Mann verlassen hatte, beschloss Olivia, zu sich selbst zu stehen, und begann Frauen zu daten. In der 50er-Jahren ein großes Tabu. Das war aber auch schon alles, was die Ermittler über die 43-Jährige in Erfahrung bringen konnten. Sie konnten keine Verbindung zu den Espositos ausfindig machen und erst recht kein Motiv für die Tat. Doch die Waffe war auf ihren Namen zugelassen. Die Polizeibeamten nahmen Olivia Hill unverzüglich fest, brachten sie auf die Polizeiwache und bereiteten sich auf ein stundenlanges Verhör vor.

Doch Olivia Hill überraschte sie. Direkt zu Beginn der Vernehmung gestand Olivia den Mord an Liam Esposito und fügte hinzu: »Es ist ein Erleichterung, das aus meinem Kopf zu bekommen.« Die Beamten staunten nicht schlecht, so schnell war ihnen noch nie ein Täter eingeknickt. Aber was war Olivia Hills Motiv? Warum sollte sie Liam Esposito, mit dem sie nach aktuellem Ermittlungsstand nichts zu tun hatte, etwas anhaben wollen?

Olivia sagte aus, ihre Freundin Debra habe sie aufgefordert, Liam umzubringen. Debra Torres und Olivia Hill hatten sich bereits vor Jahren kennengelernt und wurden schnell enge Freundinnen und bald auch ein Liebespaar. Die Frauen verbrachten regelmäßig ihre Freizeit miteinander, tranken Kaffee und tratschten. Mittelpunkt des Klatsches war Debras angeblich bösartiger Chef Liam Esposito und seine ach so arme Ehefrau Ava. Er sei gewalttätig und würde Ava und die Kinder schlagen. Er würde obendrein mit illegalen Drogen handeln und seine Familie dadurch in Gefahr bringen. Sie müssten Ava und die Kinder vor diesem Mann retten. Debra riss Olivia zunehmend mit ihrem Hass mit. Und so wurde aus Klatsch bald der konkrete Plan, Esposito zu ermorden.

Am 21. Oktober besorgte sich Olivia daher die Waffe in einem Geschäft in Pasadena, unweit ihrer Heimatstadt. Dem Verkäufer in dem Laden erzählte sie, sie bräuchte diese Waffe zur Selbstverteidigung. Schließlich würde sie allein leben und wäre ohne Waffe völlig wehrlos. Ihr neu erworbenes Gut versteckte sie anschließend in ihrem Haus, bis sie am 31. Oktober davon Gebrauch machen würde.

Als Debra sie mit einem geliehenen Auto zur vereinbarten Uhrzeit zu Hause abholte, hatte diese eine Verkleidung für die beiden Frauen parat: blaue Jeans, khakifarbene Jacken, Mützen und Augenmasken. Die geladene Schusswaffe transportierten sie in einer Papiertüte, so würde es so aussehen, als wären die beiden auf »Süßes oder Saures«-Tour. Gegen 21:00 Uhr fuhren die beiden Frauen in ihrer Verkleidung zur Wohnadresse der Espositos. Sie entschieden sich dazu, mit etwas Abstand zu deren Haus zu parken. Gerade so weit entfernt, dass ihr Auto nicht auffallen würde, aber dennoch nah genug, dass sie das Haus beobachten konnten. Knappe zwei Stunden später war es so weit, das Licht ging aus – das Zeichen, auf das sie gewartet hatten.

Das mörderische Duo stieg aus dem Wagen und lief zu dem Haus ihres Zielobjektes – Liam Esposito. Olivia klingelte, doch erst nach einem zweiten Versuch öffnete sich die Haustüre. »Ist es dafür nicht ein bisschen zu spät?«, fragte Liam, die eine Hand an die Haustüre gelehnt, in der anderen eine Schüssel mit Süßigkeiten tragend. »Nein«, antwortete Olivia, brachte die in der Papiertüte versteckte Waffe in Position und drückte ab.

Noch bevor Liam zu Boden fiel, rannten die beiden Frauen zurück zu ihrem Wagen und verschwanden in der Dunkelheit.

Ohne Umwege brachten sie das Auto zu dessen Besitzerin zurück. Dort verabschiedeten sich die Freundinnen voneinander und Debra sagte noch: ...

WAS SIND DEBRAS LETZTE WORTE AN IHRE KOMPLIZIN OLIVIA?

[a] »Geh nach Hause und verbrenne deine Kleidung.« ▲1 ▶4

[b] »Vergiss, dass du mich je kanntest.« ▼4 ▶4

[c] »Das war ein ereignisreicher Tag, ruh' dich aus.« ▲2 ▶1

>Ende<

Plötzlich hörte Mona wieder Polizeisirenen. Sie horchte auf. Diesmal kamen sie näher und näher. Sie wusste nicht genau, was sie jetzt tun sollte. Schließlich würde es seltsam aussehen, wenn man sie in dieser Wohnung finden würde. Sie beschloss, sicherheitshalber zu verschwinden.

5 Minuten später ...

Als Bernd Müller und sein 20 Jahre jüngerer Kollege Pascal Wagner aus ihrem Dienstwagen stiegen, standen sie direkt vor dem Gebäude, in dem sich die Wohnung befand, zu welcher sie geschickt worden waren. Vor vier Wochen hatte ein junger Mann namens Tobias Hellborn seine Freundin als vermisst melden wollen. Der aufgelöste Student hatte trotz Verabredung seit Tagen nichts von seiner Freundin gehört. Sie waren sogar mit Tobias in das kleine Studio gefahren, für das er einen Schlüssel besaß. Doch dort fanden sie keine Hinweise auf ein gewaltsames Verschwinden des Mädchens. So hatten sie damals, überlastet wie sie waren, dem »Fall« keine allzu große Bedeutung beigemessen, die Podcasterinnen waren viel auf Achse und nahmen sich auch gerne mal eine kreative Auszeit, wie sie aus dem Umfeld der beiden erfahren hatten. Sogar die Eltern schienen sich nicht allzu große Sorgen zu machen, da die beiden tatsächlich von einer bevorstehenden Reise im Anschluss an Naomis Geburtstag gesprochen hatten. Sie vermuteten eher, dass Tobias bei seiner Freundin abgemeldet war.

Die heutige Anruferin jedoch hatte von einem möglichen Hinweis auf die zwei vermissten jungen Frauen gesprochen. Sie konnte oder wollte den Beamten jedoch zunächst keine weiteren Informationen liefern. Von der Kollegin der Leitstelle wurde die Dame daher gebeten, im Haus auf das Eintreffen der Beamten zu warten, um für weitere Fragen zur Verfügung zu stehen.

Von der Anruferin, welche den Notruf abgesetzt hatte, fehlte allerdings jede Spur. Keuchend im obersten Stockwerk angekommen, standen Bernd und Pascal dann auch direkt vor der richtigen Wohnungstür mit dem Klingelschild »Naomi Freymuth«. Die Tür war nur angelehnt und so traten die beiden Männer ein. Es verschlug ihnen den Atem.

Die Wohnung schien auffällig aufgeräumt und sauber zu sein, mehr als beim letzten Mal. Sie sahen sich um: eine Pinnwand, Mikrofone, auf dem Tisch ein Telefon, zwei MacBooks und ein Kalender, ein paar eingegangene Topfpflanzen. Drei Kaffeetassen auf dem Abtropfgitter der kleinen Küchenzeile. Der Geruch war allerdings alles andere als normal – und den beiden Beamten nur zu gut bekannt.

>Epilog<

Die Strecke von Mannheim nach Frankfurt verging wie im Flug. Mona liebte den neuen Podcast von Mats und Steffen Rath, zwei Brüdern und ehemaligen Kripobeamten, die trotz ihrer jungen Jahre ausgestiegen waren, um sich mit enormem Erfolg ihrer Realitysendung *Crime Time – Fälle, die das Leben schreibt* und dem gleichlautenden Podcast zu widmen. Die Typen waren ein Hype: Cool, gut aussehend und nie um eine Antwort verlegen spielten sie sich die Bälle zu.

An Mia und Naomi dachte sie kaum noch. Es war mehr als bedauerlich gewesen, dass sie keinen der spektakulären Fälle, die sie aus ihrer Erfahrung als Ermittlertochter aus erster Hand zu bieten hatte, in ihre Sendung aufgenommen hatten. Das hatte sie nicht verdient, sie hatte ihren Stolz! Sie hatte ihnen eine letzte Chance geben wollen, an Naomis Geburtstag, wo sie ihr sogar einen Kuchen gebacken hatte. Schade drum, das Kaffeekränzchen war nur von kurzer Dauer gewesen und das meiste vom Kuchen im Papierkorb des nächstgelegenen Parks gelandet. Es hatte Geschrei gegeben und sogar von Stalking hatten Mia und Naomi gesprochen, und dass sie Mona für ihre Arbeit nicht bräuchten.

Okay, wer nicht will, der hat schon! Der Kaffee hatte es in sich gehabt. Sie war vorbereitet gewesen, so simpel wie effektiv – Schlafmittel, massenweise Silbertape, Abstellkammer. Die war so klein, dass man sich schon allein darin nicht rühren konnte, geschweige denn zu zweit, wenn man wie eine Mumie gefesselt war. Kammer zu, Wohnung mit Naomis Schlüssel abgeschlossen – und dann nur noch warten. Leider taugten die internationalen Fälle auf dem Rechner nicht, um falsche Fährten zu legen. Aber sie war auch so schlauer gewesen. Niemand würde die beiden erst mal vermissen vor ihrer „Inspirationsreise", mit der sie so angegeben hatten, und weitere Verbindungen gab es nicht. Akte zu.

Sie verscheuchte die lästigen Gedanken. Mats und Steffen ... Das wäre doch gelacht, wenn sie nicht deren Adresse herausfinden würde ...

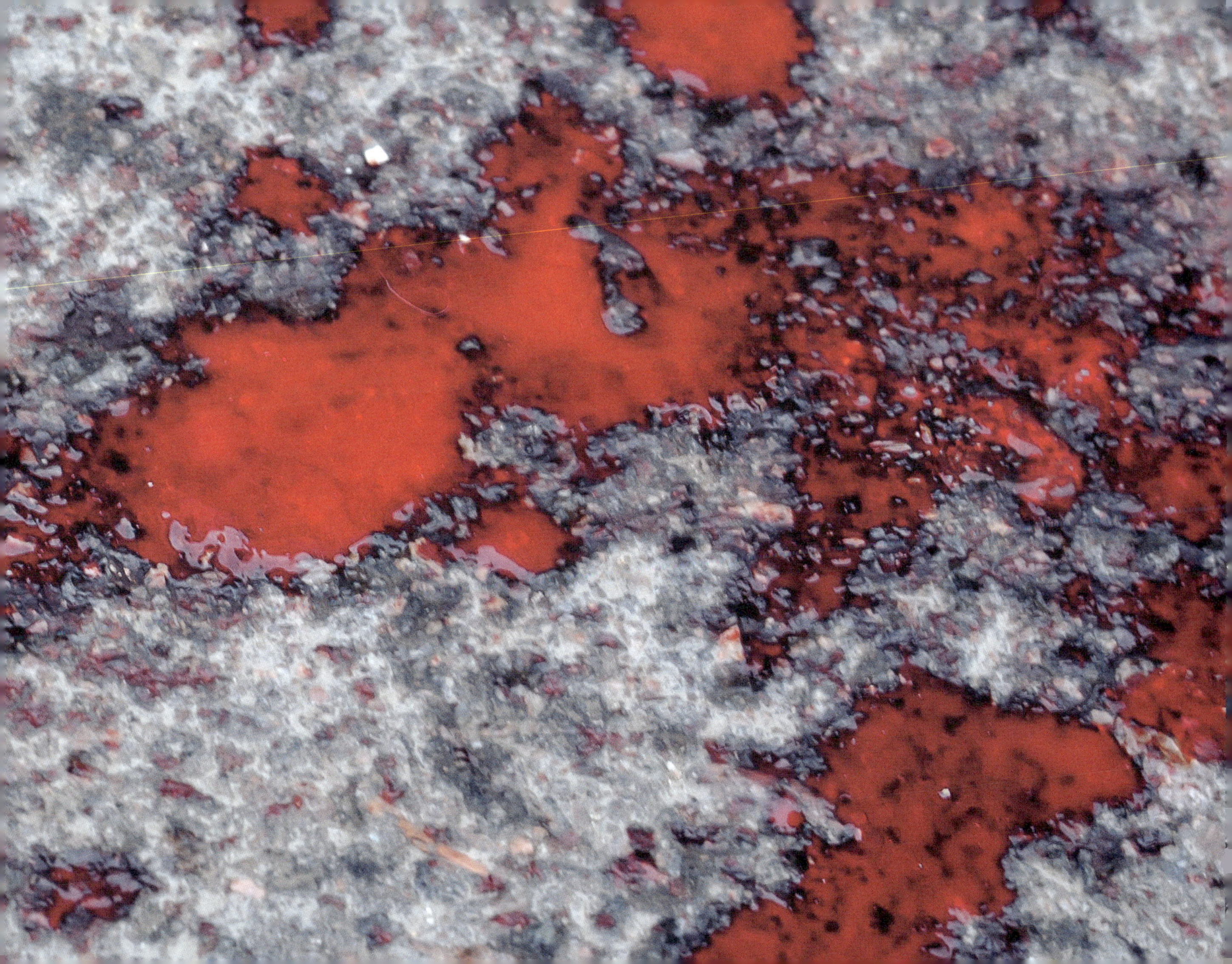

›Kapitel 24‹

Ein Dreieck, ein Viereck, ein Dreieck, ein Achteck und ein Fünfeck – 34385. Der Code für den Laptop war schnell geknackt. Als Cedric und Cole Glens Computer durchstöberten, wurde ihnen das Ausmaß seiner Lügen erst richtig bewusst: Glen hatte sich online ein frei erfundenes Leben aufgebaut. Ein Leben, in dem er all das war, was er sein wollte: erfolgreich, unabhängig, beliebt. Er gab vor, ein erfolgreicher Gamer zu sein, der allein in seiner großen Eigentumswohnung lebte und mehrere luxuriöse Autos besaß.

Schockiert von dieser Entdeckung beschlossen Cedric und Cole, diesem Irrsinnein für alle Mal ein Ende zu setzen. Sie kontaktierten Savannah und deckten Glens Lügen auf. Sie sagten ihr, dass Glen weder ein erfolgreicher Gamer war noch finanziell gut aufgestellt sei. In Wahrheit sei er arbeitslos, lebte noch in seinem Elternhaus und habe sie mit Geld bezahlt, das er seiner eigenen Familie gestohlen hatte. Sie appellierten an das bulgarische Webcam-Model und machten ihr klar, dass sie keinen Kontakt mehr zu Glen haben dürfe. Das würde Glen in den Ruin treiben – und seine Familie gleich mit.

Während Glens Familie dabei war, die Scherben aufzusammeln, die seine Sucht hinterlassen hatte, beteuerte dieser, dass er längst geheilt sei. Er wusste genau, was seine behandelnden Ärzte hören wollten. Er gaukelte ihnen so überzeugend vor, dass er keinerlei Suchtproblem mehr habe, dass er bereits nach zwei Wochen aus der Klinik entlassen wurde und am 05. Januar nach Chuluota zurückkehren konnte.

Trotz einer gewissen Skepsis empfing seine Familie ihn mit offenen Armen und nahm ihn wieder bei sich auf. Doch die Familie hatte strenge Regeln für ihren Jüngsten aufgestellt, an welche er sich halten musste. Glen durfte kein Mobiltelefon mit Internetzugang besitzen. Außerdem durfte er nur tagsüber unter Aufsicht an einen Computer. Zusätzlich forderten seine Eltern, dass er sich endlich einen Job suchen müsse, um von seinem Gehalt seine Schulden begleichen zu können.

Mit diesen Regeln konnte Glen leben. Mit der letzten und wohl wichtigste Regel sah dies aber ganz anders aus: Seine Eltern forderten von ihm, das er den Kontakt zu seiner großen Liebe Savannah abbrechen müsse. Al sein Vater Cole ihm daraufhin mitteilte, dass sie Savannah kontaktier hatten und ihr die Wahrheit über Glen erzählt hatten, wurde dieser saue Warum hatte seine eigene Familie seine Beziehung sabotiert?

Obwohl Glen sehr wütend war, blieb ihm zunächst nichts anderes übrig als die neu aufgestellten Regeln zu akzeptieren und zu befolgen. Doch de Drang, seine Savannah zu kontaktieren, wuchs jeden Tag ein Stück meh Bis er es eines Tages nicht mehr aushielt. An diesem Tag fragte er sein Mutter, ob er ihr Smartphone kurz benutzen dürfe, und seine Mutter willigt ein. Das erste, was Glen tat, war, Savannah via Twitter zu kontaktieren.

Das blieb bis zum 24. Januar unentdeckt, bis es sein Vater Cole heraus bekam. Für ihn war die Situation klar, denn das war ein eindeutiger Versto gegen die aufgestellten Regeln. Cole ließ Glen eine kleine Tasche packe und sagte ihm, er solle aus seinem Haus verschwunden sein, bis er, Cole wieder von der Arbeit heimkäme. Dann verließ er wutentbrannt das Haus Cedric, der ebenfalls in der Arbeit war, bekam von dem Drama, das sich z Hause abgespielt hatte, nur über Textnachrichten mit. Als seine Arbeitsschicht gegen 21:15 Uhr vorbei war, teilte er seiner Freundin daher mit dass er zunächst nach Hause gehen würde, um die Lage abzuchecken. Ei fataler Fehler.

Am nächsten Tag erschien Cedric nicht zu seiner Schicht in der Arbeit Auch der Versuch, ihn telefonisch zu erreichen, scheiterte. Da dies untypisc für den sonst so zuverlässigen Cedric war, meldete ein befreundeter Kolleg sich bei der Polizei und äußerte seine Sorgen. Um 09:17 Uhr erreichte ei Streifenwagen das Haus der Ramirez. Die Autos der Familie standen i der Einfahrt, was vermuten ließ, dass jemand zu Hause war. Doch auf da Klingeln und Klopfen der Polizisten öffnete niemand die Tür.

Die Fenster des Hauses waren mit Papier abgeklebt, sodass die Beamten nicht hineinschauen konnten und sie sich umgehend Zugang zum Haus verschafften. Dort erwartete sie eine grauenvolle Szenerie.

Den Familienvater fanden sie auf dem Rücken liegend auf dem Küchenboden vor, umgeben von einer riesigen Blutlache. Cole war von hinten erschossen worden, als er gerade dabei war, eine Brotdose aus seinem Rucksack zu kramen. Vermutlich hatte der Täter bereits im Haus darauf gewartet, dass er nach seiner Arbeit nach Hause kommen würde, und ihn dann überrascht. Mathilda, Coles Frau, fanden sie in ihrem Bürozimmer vor. Vor ihr stand ein Glas Wein auf dem Tisch und sie schien am Computer gewesen zu sein, als der Täter sie ebenfalls von hinten erschossen hatte.

Cedric, der wohl als letzter von der Arbeit heimgekommen war, lag in seiner Arbeitskleidung neben der geschlossenen Garagentür auf dem Boden. Mit einem Schuss in den Kopf. Neben ihm fanden die Polizisten einen Rucksack sowie zwei verschiedene Schusswaffen und vier Patronenhülsen. War dies ein erweiterter Suizid? Hatte Cedric seinen Vater und seine Mutter erschossen und anschließend die Waffe gegen sich selbst gerichtet?

Aber wo war Glen Ramirez? Der jüngste Sohn der Familie lebte nach Wissen der Polizisten ebenfalls noch im Haus seiner Eltern. Doch von ihm gab es weit und breit keine Spur. Die Ermittler konzentrierten sich somit zunächst darauf, ihn ausfindig zu machen. Sie wussten, dass er einen weißen Honda Accord aus dem Jahr 1996 besaß, und nahmen an, dass er mit diesem unterwegs war.

1. Ob auf dem Kopf oder nicht, ich bin immer ich.

2. Auf Rang 12 bin ich mächtig stolz.

3. Auf den Kopf gestellt, gab es mich bereits.

4. Geschrieben werde ich mit E.

5. Einer von uns sieht die Welt verkehrt herum.

WAS WAR DAS KENNZEICHEN DES AUTOS?

[a] L1GH7 ▼2 ▶3
[b] W2HJ8 ◀4 ▲2
[c] N3MK5 ▼3 ▶1

>Kapitel 16<

...: »Vergiss, dass du mich je kanntest.« Danach drehte sich Debra um und verschwand schnellen Schrittes, während sie ihre Komplizin und Freundin Olivia sprachlos und pikiert in der Dunkelheit zurückließ.

Die Ermittler kannten nun Olivias Motiv: Sie hatte sich nach monatelangen Gesprächen mit ihrer Freundin Debra davon überzeugen lassen, dass Liam Esposito ein schlechter Mensch sei und es seinem Umfeld besser gehen würde, wenn er nicht mehr lebte. Doch was war Debras Motiv? Bisher wussten die Ermittler lediglich, dass Debra für Liam Esposito arbeitete und laut Olivia anscheinend nicht gut auf diesen zu sprechen war. Aber das reichte doch nicht für einen Mord, oder? Hegte Debra unerwiderte Gefühle für ihren Chef? War sie von Liam Esposito zurückgewiesen worden und wollte nun verhindern, dass Liam mit einer anderen Frau ein langes, glückliches Leben führte?

Doch ganz so war es nicht: Debras Objekt der Begierde war nicht gar ihr Chef Liam Esposito – Ava Esposito war es, in die Debra verliebt war. Debra war geradezu besessen von Ava. Sie redete ihr ein, dass Liam schlecht für sie und ihre Kinder sei – bis Ava ihr recht gab und beschloss, dass eine Zeit ohne ihren Mann genau das wäre, was sie jetzt bräuchte. Während Liams und Avas Ehekrise beherbergte Debra die Frau ihres Chefs und deren Kinder bei sich. Doch die Ehekrise hielt nicht lange an: Nach einigen Wochen bei Debra entschied Ava sich, ihrem geliebten Liam eine zweite Chance zu geben. Sie schnappte sich ihr Hab und Gut und ihre Kinder und zog wieder zurück in ihr gemeinsames Heim. Doch etwas ließ sie zurück: Debra Torres. Denn Liam Esposito stellte seiner Frau eine Bedingung: Ava solle Debra nie wiedersehen.

Als Debra das zu hören bekam, brach für sie eine Welt zusammen. Schmerz und Verzweiflung machten sich in ihr breit. Aber da war noch ein anderes Gefühl, das in ihr aufstieg: Wut. Endlose Wut auf Liam, der ihr die Möglichkeit nahm, Ava zu sehen. Debra war überzeugt davon, dass sie Ava glücklicher und zufriedener machen könne, als Liam es jemals vermochte.

Da sich Debra nach dem abrupten Kontaktabbruch sehr einsam fühlte – und eine Komplizin für ihr Vorhaben brauchte –, meldete sie sich wieder bei ihrer alten Bekanntschaft Olivia Hill. Debra wusste nur zu gut, dass Olivia in sie verliebt war und alles tun würde, damit Debra diese Gefühle erwidern würde. Debra nutzte dieses Wissen zu ihrem eigenen Vorteil aus und so bahnte sich zwischen den beiden Frauen eine innige Beziehung an. Doch Olivia bemerkte, dass Debra noch nicht über ihre verflossene Liebe Ava hinweg war, schließlich sprach diese über nichts anderes. Ava hier, Ava da. Doch viel mehr noch sprach sie über deren abscheulichen Ehemann Liam.

Debra verstand es, Olivia um den Finger zu wickeln, und brachte sie sogar so weit, die Waffe und die Munition auf ihren Namen zu kaufen. Es war auch Olivia, die den Abzug betätigte. Nachdem die Drecksarbeit zu Debras Zufriedenheit erledigt war, entledigte sie sich Olivias, um frei für ihre eigentliche große Liebe zu sein: Ava Esposito. Nun würde ihrem Glück nichts mehr im Wege stehen. Da sie sich ihre Finger bei dem Mord an Liam nicht schmutzig gemacht hatte, sollte sie auch nicht dafür belangt werden können, so Debras Gedankengang.

Als Olivia das Ausmaß von Debras Manipulation bewusst wurde, verlor sie jegliches Gefühl der Loyalität gegenüber ihrer Komplizin. Schmerz, Unmut und ein schlechtes Gewissen übermannten sie. Im Verhör durch die Ermittler brachte sie es auf den Punkt: Sie war es zwar, die Liam Esposito kaltblütig erschossen hatte, aber Debra Torres hatte sie dazu getrieben.

Daraufhin wurde Debra Torres festgenommen und die beiden Frauen wurden wegen Mord ersten Grades angeklagt. Debra behauptete, sie

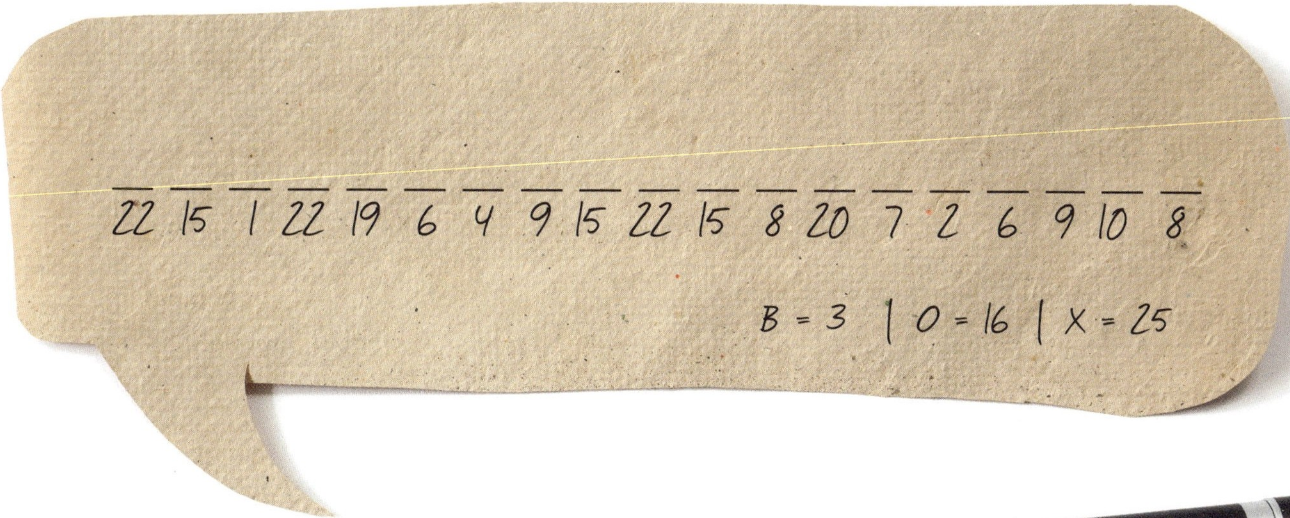

hätte nichts mit dem Mord an Liam Esposito zu tun. Dafür sei einzig und allein Olivia verantwortlich. Die Beweise würden für sich sprechen. Doch niemand glaubte an Debras Unschuld.

Dass Olivia unschuldig war, stand ebenfalls außer Frage. Schließlich war sie es, die Liam erschossen hatte. Doch sie hatte kein richtiges Motiv. Sie sei nur leicht zu beeinflussen, sei schon immer schnell zu beeindrucken gewesen und außerdem vertraue sie Menschen – oftmals fälschlicherweise – viel zu schnell, sagte sie von sich selbst. Olivias Psychologe bestätigte diese Aussagen später. In seinen Gesprächen mit ihr kristallisierte sich heraus, warum sie doch abdrückte: Sie war der Meinung, dass sie ihre Freundin Debra vor einem bösartigen und gefährlichen Mann schützen müsse. Der Gedanke, der ihr systematisch eingetrichtert worden war. Ohne lange zu zögern, erklärte sich Olivia daher für …

OLIVIA HILL ERKLÄRT SICH FÜR …

[a] … schuldig im Sinne der Anklage. ◀1 ▲3

[b] … nicht schuldig im Sinne der Anklage. ▶3 ▲2

[c] … unzurechnungsfähig. ▶1 ▼1

CAUTION CR

SCENE DO NOT ENTER

>Kapitel 17<

...Unzurechnungsfähig. Doch die Gefahr, für Mord ersten Grades verurteilt zu werden, war einfach zu hoch, weswegen sich Olivia Hill und Debra Torres auf einen Deal mit der Staatsanwaltschaft einließen, freiwillig gestanden und letztendlich nur zu einer Strafe von fünf Jahren bis lebenslänglich im Gefängnis verurteilt wurden. Was bedeutet, dass sie nach fünf Jahren einen Antrag auf Entlassung stellen konnten – allerdings ohne Garantie, dass dieser auch angenommen wird. Ohne diesen Deal hätten sie bei einer Verurteilung garantiert sehr viel mehr Zeit im Gefängnis verbringen müssen.

Mona war nun vollends in ihrem Element. Das konnte der rettende Hinweis sein: Olivia Hill hatte Verwandte in Deutschland. War sie nach ihrer Entlassung aus dem Gefängnis etwa nach Deutschland zurückgekehrt und war in das Verschwinden von Mia und Naomi involviert? Mona stöberte noch etwas weiter in dem Unterordner herum und fand folgende Information: Olivia Hill blieb nach ihrer Entlassung aus dem Gefängnis in Los Angeles, wo sie 1998 im Alter von 83 Jahren verstarb. Sie konnte also nichts damit zu tun haben. Mist!

Es gab sehr wenige Informationen über Debra Torres, aber es wurde angenommen, dass sie etwa zur gleichen Zeit wie Olivia aus dem Gefängnis entlassen wurde. Mittlerweile musste sie wohl ebenfalls verstorben sein. Auch kein Treffer, dachte Mona sich und ging direkt zum nächsten Unterordner über – *Fitnesstracker*.

Im Jahr 2014 vibrierte das Handy des 15-jährigen Noah, es hatte ihn eine neue Nachricht erreicht. Sie stammte von seiner Freundin Paige: »Ich glaube, ich wurde gerade fast entführt, OMG.« Was sollte *das* denn, fragte sich Noah ungläubig. Paige war doch wohl nicht ernsthaft der Meinung, dass er auf diesen schlechten Scherz hereinfallen würde? Vielleicht wollte sie auch einfach ein bisschen dramatisch sein und sehnte sich nach seiner Aufmerksamkeit. Tatsächlich hatte er sich heute noch nicht bei ihr gemeldet. Schulterzuckend legte er das Handy wieder beiseite und schenkte dem Ganzen keine weitere Beachtung.

Nur zwei Stunden, nachdem Noah besagte Nachricht erhalten hatte, ging bei der Polizei in Armada, Michigan, ein Notruf ein: Zwei Radfahrer waren sich sicher, eine Leiche im Unterholz nahe eines bekannten Mountainbike-Trails entdeckt zu haben. Ein Hund, ein Border-Collie-Mischling, hatte sie zielstrebig dorthin geführt und sich dann wimmernd neben den leblosen Körper des Mädchens gelegt.

Der örtliche Polizeichef Logan Brown machte sich umgehend auf den Weg zum Mountainbike-Trail. Während der Fahrt informierte er die Michigan State Police und bat um Verstärkung. Zu seinem Revier zählten nämlich nur zwei Vollzeit- und zehn Teilzeitpolizisten und er dachte sich schon, dass diese knappe Besatzung in einem Mordfall nicht ausreichen würde.

Am Fundort angekommen, bot sich ihm ein schreckliches Bild: Das Mädchen im Teenageralter war übel zugerichtet worden. Ihr Gesicht war blutverschmiert und von etlichen Verletzungen blau und schwarz angelaufen. An ihrem Hals zeichnete sich ein dunkel eingefärbtes Würgemal ab. Auf den ersten Blick sah es also aus, als sei das Mädchen auf brutale Weise verprügelt und anschließend stranguliert worden. Als besonders grausam empfand Logan die Schuhabdrücke auf ihrem Körper. Der Täter hatte keinerlei Gnade gezeigt.

Die eintreffenden Beamten sperrten den Fundort ab und begannen mit der Spurensicherung. Einige Zeit später tauchte eine Frau in Begleitung eines Teenagers in der Nähe auf. Bei der Frau handelte es sich um Helen Young, die gerade auf der Suche nach ihrer Tochter war. Der Name des Teenagers, der neben ihr herlief, war Noah, der feste Freund des vermissten Mädchens.

Logan fing die beiden in einiger Entfernung vom Tatort ab und sandte sie erst einmal auf das örtliche Polizeirevier, welches sich nur ein paar Blocks entfernt befand. Dort angekommen wurde zunächst Helen befragt, hierbei ging es hauptsächlich um den Tagesablauf von Paige und darum, welche Kleidung sie getragen hatte, als sie das Haus verließ. Anhand der Beschreibung ihrer Kleidung konnten die Ermittler Paige endgültig identifizieren: Sie war das tote Mädchen, das sich genau in diesem Moment noch draußen im Unterholz befand.

Noah hingegen galt für die Ermittler von Beginn an als Hauptverdächtiger, weswegen er direkt im Anschluss an Helens Befragung mehrere Stunden lang von den Ermittlern befragt wurde. Doch Noah hatte ein Alibi. Gemeinsam mit seinem Freund habe er einen Fernseher abgeholt, gab er an, und anschließend hätten sich die beiden Jungs mit einem Essen bei ihrem Lieblings-Fast-Food-Restaurant belohnt.

Bevor die Ermittler sein Alibi überprüften, verlangten sie jedoch zuerst Noahs Mobiltelefon. Sie forderten den Jungen auf, den Nachrichtenverlauf von ihm und Paige aufzurufen, und schauten sich die letzten Nachrichten zwischen den beiden etwas genauer an. Dabei wurden sie stutzig.

A .—	F ..—.	K —.—	P .——.	U ..—	Z ——..
B —...	G ——.	L .—..	Q ——.—	V ...—	
C —.—.	H	M ——	R .—.	W .——	
D —..	I ..	N —.	S ...	X —..—	
E .	J .———	O ———	T —	Y —.——	

WELCHE ENTDECKUNG IN DEM NACHRICHTENVERLAUF MACHTE DIE ERMITTLER STUTZIG?

[a] Paiges letzte Nachricht wurde erst nach ihrem Tod versendet. ▼1 ▶3

[b] Die beiden hatten einen heftigen Streit. ▲4 ▶4

[c] Aus dem Chatverlauf wurden mehrere Nachrichten gelöscht. ◀1 ▼3

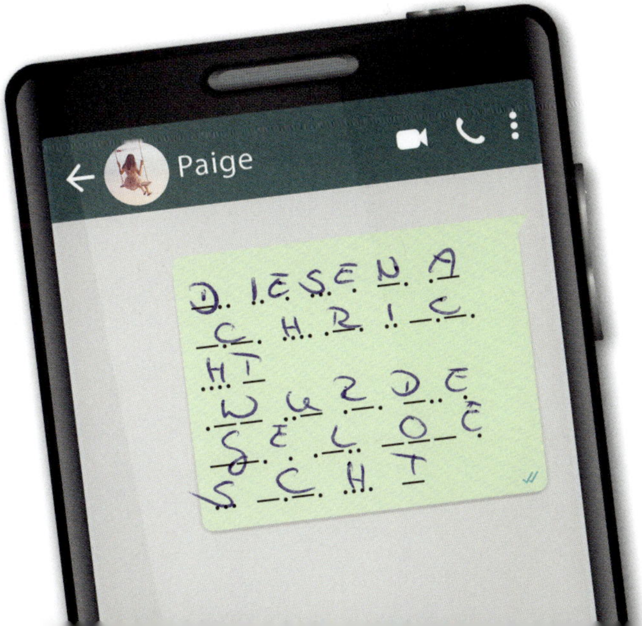

>Kapitel 9<

Ivo Zeki ist zum Zeitpunkt von Ivana Todorovskas Verschwinden in der Hauptstadt Skopje gewesen und somit über 100 Kilometer entfernt von dem Geschehen, welches sich in Kičevo abgespielt hatte. Ein gut bezahltes Bauprojekt war der Grund für seinen Aufenthalt in der Hauptstadt gewesen und die Bahntickets, die ihm sein Arbeitgeber besorgt hatte, bewiesen seinen Aufenthalt dort. Bereits am 15. November hatte er seine Heimatstadt Kičevo verlassen und war erst am 09. Januar 2005 zurückgekehrt, als nämlich das Bauprojekt in Skopje abgeschlossen war. Außerdem gab es mehrere Kollegen, welche seinen ununterbrochenen Aufenthalt vor Ort bezeugen konnten.

Damit hatte Zeki ein Alibi, welches gegen seine Beteiligung an der Entführung und Ermordung von Ivana Todorovska sprach. Die Ergebnisse der forensischen Untersuchung untermauerten dies und machten auch das Mitwirken von Stanislav Ilić unwahrscheinlich. Fremde DNA aus Sperma, das an Ivana Todorovskas Leiche gefunden wurde, konnte nämlich weder Zeki noch Ilić zugeordnet werden.

Doch aufgrund der verblüffenden Ähnlichkeit der angewandten Foltermethoden, der unmittelbaren Nähe der Tatorte zueinander und des inoffiziell abgegebenen Geständnisses der beiden Hauptverdächtigen wurden diese trotz zahlreicher Unstimmigkeiten wegen des Doppelmordes an Ivana Todorovska und dem alten Mann aus dem Nachbarort angeklagt. Vor Gericht beharrten die beiden auf ihrer Unschuld am Tod der 64-jährigen Reinemacherin Ivana Todorovska. Geständig waren sie hingegen, was den Mord an dem Senioren Danilo Horvat betraf. Unter Alkohol- und Drogeneinfluss hatten sie den hilflosen Rentner in dessen Wohnung in Leski überfallen, gefoltert und getötet.

Natürlich waren auch einige renommierte Journalisten, wie Aleksandar Novak, beim Prozess anwesend. Zu groß war das Interesse der Öffentlichkeit an dem Fall, man wollte die Täter bestraft wissen. Die beiden Verdächtigen wurden trotz einem Mangel an Beweisen zu lebenslänglicher Haft verurteilt. Ab diesem Zeitpunkt lebten die Einwohner der kleinen Gemeinde in dem Glauben, die »Monster von Kičevo« seien inhaftiert und ihre Gemeinde endlich wieder sicher.

Bis sich der Alptraum im November 2007 wiederholte: Die 56-jährige pensionierte Hauspflegerin Mila Nikolić verschwand auf dem Weg zum wöchentlichen Großeinkauf im örtlichen Supermarkt spurlos. Das Profil von Mila Nikolić glich dem der vor drei Jahren ermordeten Ivana Todorovska auf fast unheimliche Art und Weise: Nicht nur, dass die beiden Frauen im gleichen Stadtteil nur einige Gehminuten voneinander entfernt lebten, auch die übereinstimmende Altersgruppe und die gleichartige berufliche Tätigkeit verknüpften die beiden Fälle.

Am 03. Februar 2008 hielt ein Trucker an einer Tankstelle in Kičevo. Er stieg aus seiner Fahrerkabine aus und wollte sich ein wenig die Beine vertreten. Direkt neben der Tankstelle lag eine Müllhalde. Er ließ seinen Blick über die mit Müll übersäte Gegend schweifen und traute seinen Augen nicht, als er plötzlich eine scheinbar menschliche Hand entdeckte, welche aus den hohen Müllbergen herausragte. Es handelte sich um die grausam zugerichtete Leiche der seit etwa drei Monaten vermissten Mila Nikolić.

War hier derselbe gemeingefährliche Täter am Werk gewesen wie im Jahr 2004? Die Frau war ebenfalls gefesselt, vergewaltigt, geschlagen, erdrosselt und letztendlich zwischen Mülltüten entsorgt worden, im Anschluss an eine wochenlang andauernde Entführung durch ihren Mörder.

Kaum waren einige Informationen über den Fund der Leiche an die Öffentlichkeit weitergegeben worden, veröffentlichte Aleksandar Novak auch schon einen Bericht mit dem Titel »Das neue Verbrechen ist die Top-Story in Kičevo« und äußerte sich darin weitschweifend über

IVANA TODOROVSKA

ALTER: 64 Jahre
JOB: Hausmeisterin
Wohnhaft in Kičevo, am Rande der Stadt
VERMISSTENANZEIGE: Vermisst gemeldet am 16. November 2004. Ivana Todorovska begab sich auf den Weg zum örtlichen Supermarkt, aber kam nie wieder zurück. Vermisst gemeldet von ihrer Tochter Mirnesa Todorovska.
FUND: Ihre Leiche wurde am 12. Januar 2005 aufgefunden. Sie war erwürgt, mit einem Kabel gefesselt, gefoltert und vergewaltigt worden.
FUNDORT: Auf der Baustelle einer verlassenen Sporthalle, verscharrt in einem flachen Loch. Gefunden von einem Schrottsammler.
TODESZEITPUNKT: Ivana Todorovska war seit weniger als zwei Wochen tot.
SPURENFUND: DNA in Form von Sperma von mindestens einer männlichen Person
MORDWAFFE: Wurde mit einem Kabel oder Seil erwürgt

Zufall?

Parallelen!!!

MILA NIKOLIĆ

ALTER: 56 Jahre
JOB: Rentnerin, pensionierte Hausmeisterin
Wohnhaft in Kičevo, am Rande der Stadt
VERMISSTENANZEIGE: Verschwand Anfang November 2007, nachdem sie Lebensmittel einkaufen gegangen war.
FUND: Ihre Leiche wurde am 3. Februar 2008 gefunden. Sie war erdrosselt, gefesselt, geschlagen und vergewaltigt worden.
FUNDORT: Zwischen und unter Müllbergen, in der Nähe einer Tankstelle. Gefunden von einem Lastkraftwagenfahrer.
TODESZEITPUNKT: Mila Nikolić war erst seit wenigen Tagen tot.
SPURENFUND: Männliche DNA in Form von Sperma

INFO: SONJA WOZNIAK

MORDWAFFE: Wurde mit demselben Telefonkabel erwürgt, mit welchem sie später gefesselt wurde.
Streng vertraulich! Diese Information darf NICHT an die Presse weitergegeben werden!

den furchtbaren Mord an der älteren Dame. Zwar sei ein Großteil der Menschen der Kleinstadt davon überzeugt, dass es sich hierbei um denselben Täter handle, der bereits im Jahr 2004 zugeschlagen hatte, er jedoch halte diese Vermutung für an den Haaren herbeigezogen. Viel wahrscheinlicher sei es seiner Meinung nach, dass diese beiden Taten unabhängig voneinander geschehen seien und nicht in Verbindung miteinander ständen.

Das sorgte für Verwirrung bei den Bewohnern von Kičevo. Denn selbst wenn es nicht derselbe Täter war, dann mussten zwei Verbrechen mit so vielen Parallelen und Ähnlichkeiten doch in irgendeiner Art und Weise zusammenhängen, oder? Gab es etwa einen Nachahmungstäter?

WER VERSUCHT HIER, DIE GEMEINDE HINTERS LICHT ZU FÜHREN?

[a] Ein Komplize von Ivo Zeko und Stanislav Ilić ▲2 ◀2
[b] Ein Nachahmungstäter ▼4 ◀1
[c] Ein Serienmörder ▶4 ▲3

›Kapitel 5‹

Mona hing an dem Blatt mit dem seltsamen Text fest. Was sollten diese Zahlen bedeuten ...? Warte! War das ein Datum? 21.8.2014. Der Text deutete auf ein Ende hin. Und durch seine Akte, die Mona noch einmal überflog, wusste sie, dass Loyer am 15. Februar 1939 geboren wurde. Er war also offensichtlich 75 Jahre alt geworden.

Aber mit dem Verschwinden ihrer Lieblingspodcasterinnen konnte dies beim besten Willen nichts zu tun haben, oder? Das Konstrukt war zu weit hergeholt. Daniel Loyer war schon ewig tot.

Mona stand auf, um sich ein wenig die Beine zu vertreten. Gedankenabwesend blickte sie sich weiter im Raum um. Sie sah sich den Kalender auf dem Tisch näher an. Auf der ersten Seite stand Mias Name.

Neugierig blätterte Mona durch die Seiten. Sie fand viele spannende Informationen. Scheinbar traf sich Mia oft mit einem Mann namens Tobias – ihr Freund? Sie hatte noch nie von diesem blöden Tobias gehört, dabei hatte sie sich schon so oft mit Mia und Naomi unterhalten. Warum hatten sie ihn verschwiegen?

In den letzten Wochen Wochen wurden die Einträge weniger und schließlich hörten sie ganz auf. Ein genaues Datum, an dem die beiden verschwanden, konnte man dem Kalender aber nicht entnehmen. Schließlich trug man Termine ja manchmal weit im Voraus in seinen Kalender ein ...

Ob dieser Tobias sie wohl als vermisst gemeldet hatte?

Vielleicht gab der nächste Fall mehr her? Mona setzte sich entschlossen wieder an den Tisch und öffnete den zweiten Unterordner, der mit *Twitter* benannt war.

Zwischen August und Oktober 2017 verschwanden in Japan neun Menschen ohne jegliche Spur. Es waren acht Frauen und ein Mann, alle im Alter zwischen 15 und 26 Jahren. Sie hinterließen jedoch Nachrichten, welche ihr Verschwinden erklären sollten. In diesen Nachrichten schrieben sie, dass sie für einige Zeit untertauchen wollten, jedoch wieder zurückkehren würden. Dem war aber nicht so. Es schien, als wären sie vom Erdboden verschluckt worden und als würden sie jegliche Möglichkeit, Kontakt zu ihnen aufzunehmen, abblocken. So verschwanden sie zum Beispiel ohne ein Wort aus Gruppenchats, in welchen sie zuvor aktive Mitglieder waren.

Den einzigen Mann ausgenommen, hatten die Verschwundenen eines gemeinsam: Sie alle teilten ihre intimsten Gedanken und Gefühle regelmäßig über das soziale Netzwerk Twitter. Dem Mikroblogging-Dienst also, auf welchem Nutzer die Möglichkeit haben, Kurznachrichten von bis zu 140 Zeichen zu veröffentlichen – eben sogenannte Tweets. Übersetzt steht »Twitter« für Gezwitscher, was die Plattform ziemlich gut beschreibt. Von politischen Themen bis hin zu privaten Ereignissen wird alles thematisiert, was einem Nutzer auf dem Herzen liegt.

Auch die 23-jährige Fumiko Nakamura teilte über Twitter ihre Gedanken und machte diese damit öffentlich zugänglich für die weite Welt des Internets. Nachdem Fumikos Mutter im Juni 2016 gestorben war, litt die junge Frau unter einer schwerwiegenden Depression und kämpfte infolgedessen verstärkt mit suizidalen Gedanken.

In dieser düsteren Stimmung fühlte sie sich sehr allein, doch im Internet fand sie andere junge Frauen und Männer, denen es ähnlich ging wie ihr und die sie verstanden. Aus den unterschiedlichsten Gründen war das Leben für sie nicht einfach, worüber sie sich gemeinsam in der Gruppe aus Gleichgesinnten über Twitter austauschten.

Sie alle arbeiteten dabei mit Hashtags, um auf ihre Tweets aufmerksam zu machen, benutzten diese aber im Umkehrschluss auch, um andere Tweets zu finden, die sich mit einer ähnlichen Thematik wie der eigenen auseinandersetzten. Der Hashtag *#suicide* verband die vermissten Personen miteinander, denn das war der von ihnen am häufigsten verwendete.

Nachdem Fumiko am 21. Oktober 2017 spurlos verschwunden war, stellte ihr Bruder Haruto eigene Nachforschungen an. Er wollte unbedingt herausfinden, was mit seiner Schwester passiert war, denn er konnte sich beim besten Willen nicht vorstellen, dass Fumiko ohne einen ersichtlichen Grund untertauchen würde. Nach zahlreichen erfolglosen Versuchen, etwas über den Verbleib seiner Schwester herauszufinden, fiel ihm ein, dass er sie häufiger dabei gesehen hatte, wie sie Twitter nutzte. Er wusste, dass viele Jugendliche sich über diese Plattform austauschten. Doch was geschah, wenn die falsche Sorte Mensch die eigenen intimsten Gedanken las?

Womöglich könnte Haruto über ihre Nachrichten mehr über Fumikos Verschwinden oder ihren aktuellen Aufenthaltsort herausfinden. Er setzte sich an den Computer, öffnete den Browser und rief Twitter auf. Er hoffte darauf, dass Fumiko ihre Anmeldedaten gespeichert hatte, doch Fehlanzeige. Lediglich ihren Nutzernamen hatte Fumiko online hinterlegt, das Feld für die Eingabe des Anmeldepassworts war leer. Wie sollte er da nur rankommen?

Er ließ seinen Blick über den Schreibtisch seiner Schwester schweifen. Da fiel ihm etwas ins Auge: War das etwa das Detail, welches er brauchte, um Fumikos Twitter-Passwort zu knacken?

WIE LAUTET DAS PASSWORT FÜR FUMIKOS COMPUTER?

[a] Susine ▼4 ▶1
[b] Nippon ▼3 ◀2
[c] Okimuf ▼2 ◀1

›Kapitel 20‹

Als die beiden Ermittler hinter das Haus traten, trauten sie ihren Augen kaum: Thompson hatte in seinem Garten eine kleine Marihuana-Plantage angelegt, so offensichtlich, dass es an Dreistigkeit kaum zu überbieten war. Einen positiven Aspekt brachte das jedoch mit sich: Nun konnten sie Thompson in Gewahrsam nehmen. Aber nicht nur das, damit kamen sie rasch an einen Durchsuchungsbeschluss und konnten nun auch das restliche Grundstück gründlich unter die Lupe nehmen.

Das erste, was sie bei ihrer Durchsuchung beschlagnahmten, war das blau-weiß lackierte Motorrad inklusive des dazugehörigen Helms und der Motorradfahrerausrüstung. Auch nach Nike Jordans hielten sie Ausschau, jedoch vergebens. Unmittelbar nachdem Thompson in Gewahrsam genommen worden war, wurde ihm eine Speichelprobe zur DNA-Analyse entnommen, um diese mit den Spuren am Tatort vergleichen zu können. Doch leider gab es keine Übereinstimmung.

Waren sie etwa schon wieder auf einer falschen Spur? Das wollte Detective Johnson nicht glauben und so ging die Suche nach Spuren weiter. Ganz besonders interessant erschien den Ermittlern einige auffällige Google-Recherchen auf Thompsons Rechner. Dort hatte er diverse Suchtexte wie unter anderem »Wie kann ich in Kontakt mit jüngeren Frauen kommen?« oder »Warum möchte mich eine jüngere Frau nicht, obwohl sie mit mir flirtet?« eingegeben. Doch auch wenn das äußerst verdächtig wirkte, war es noch lange nicht ausreichend für eine Anklage.

Einige Zeit später ging ein Anruf auf dem Polizeirevier ein, am anderen Ende der Leitung befand sich Charlotte, Thompsons Lebenspartnerin. Obwohl es ihr nicht leichtfiel, hatte sie den Ermittlern etwas Wichtiges mitzuteilen, was sie nicht länger für sich behalten konnte. In der Nacht nach dem Mord an Paige hatte sie einige besorgniserregende Beobachtungen gemacht. Sie begann zu erzählen, angefangen bei der Uhrzeit, zu der Samuel das Haus verlassen hatte. Das sei zwischen 16:20 Uhr und 17:00 Uhr gewesen. Gegen 21:00 Uhr sei er wieder zu Hause aufgetaucht und wie eigentlich jeden Abend seien die beiden sehr früh zu Bet gegangen. Um 03:00 Uhr in der Nacht wachte Charlotte jedoch plötzlic auf, weil sie seltsame Geräusche hörte, und bemerkte, dass Samue nicht mehr neben ihr lag.

Sie wollte nachschauen, was er um diese Uhrzeit außerhalb vom Bet zu suchen hatte. Als sie die Treppen nach unten ging, fand sie ihn, wi er seinen Motorradhelm und seine Schuhe mit einem Handdesinfektionsmittel reinigte. Diese Umstände brachten sie dazu, seinen Rucksack an nächsten Morgen einmal genauer unter die Lupe zu nehmen. Sie fan darin einen Pullover, der über und über mit Gras und Dreck beschmutz war. Zudem befanden sich auf dem Pullover einige lange Haare, die mi Paiges Haarfarbe und -länge übereinstimmten. Später zeigte Charlott den Ermittlern ein Facebook-Foto von Samuel, auf welchem er Nik Jordans trug. Laut Charlottes Aussage trug Samuel eben diese Schuh auch am Tag von Paiges Ermordung. Noch später sollte sie diese Aussage schließlich vor Gericht wiederholen.

Das waren genügend Indizien für den Staatsanwalt, um gege Samuel Thompson Anklage wegen Mordes ersten Grades zu erheben. Di Ermittler hatten bei der Untersuchung von Paiges Handy eine Fitness Tracker-App entdeckt, welche am Tag des Mordes aktiv gewesen wa Eine Fitness-Tracker-App ist eine Applikation, die auf jedes mobile Gerä heruntergeladen und überall verwendet werden kann. Die App, die Paig auf ihrem Smartphone installiert hatte, hatte exakt die Strecke aufgezeichnet, welche sie an diesem Tag zurückgelegt hatte. Aber nicht nu die zurückgelegte Strecke war verfolgt worden, sie war auch mit einen Zeitstempel versehen worden.

Anhand dieser Auswertungen konnte rekonstruiert werden, das Paige ab dem Zeitpunkt schneller gegangen war, als sie die SMS an ihre

Freund Noah gesendet hatte. Außerdem lief sie kurz darauf plötzlich in die entgegengesetzte Richtung, als würde sie sich auf den Heimweg machen wollen. Ganz plötzlich änderte sich ihre ursprüngliche Route, das Smartphone schien sich im Zickzack auf ein und derselben Stelle zu bewegen.

Die Ermittler nahmen an, dass an dieser Stelle Paige vermutlich vergebens um ihr Leben gekämpft hatte. Nach diesem kurzen Ausbruch bewegte sich das Handy plötzlich wieder – mit einer Geschwindigkeit von 32 Stundenkilometern. Definitiv keine Laufgeschwindigkeit. Da der Pfad viel zu eng für ein Auto war, ging man davon aus, dass der Täter mit einem Motorrad unterwegs gewesen sein musste. Hier kam also wieder das Motorrad ins Spiel: Die Ermittler werteten daraufhin etliche Überwachungsvideos der Stadt aus, schließlich wussten sie jetzt dank der Fitnesstracker-App genau, welche Strecke der Täter entlanggefahren war. Auf den Aufnahmen war ein Mann auf einem Motorrad zu sehen, auf einem blau-weiß lackierten Motorrad.

Für die Ermittler war damit klar, dass es sich bei Samuel Thompson um den Mörder der 14-jährigen Paige Young handelte. Doch nun standen sie vor der Herausforderung, die Jury vor Gericht ebenfalls davon zu überzeugen. Ob sie hierbei gute Arbeit geleistet hatten, zeigte sich am 08. Februar 2016. An diesem Tag fiel endlich das langersehnte Urteil im Mordprozess von Paige Young.

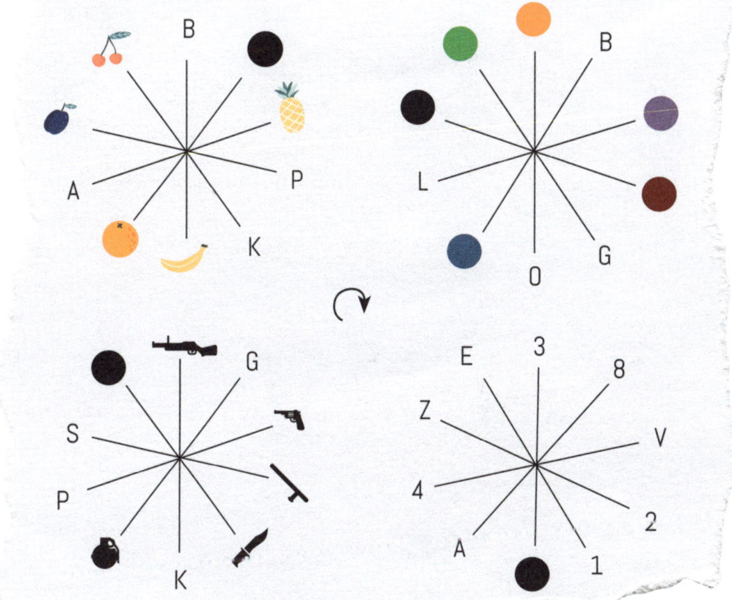

WIE FIEL DAS URTEIL GEGEN SAMUEL THOMPSON AUS?

[a] Freispruch, aufgrund von Mangel an Beweisen ◀4 ▲4

[b] Schuldspruch für den Mord ersten Grades an Paige Young ◀2 ▲4

[c] Schuldspruch für den Anbau und Besitz von Drogen ◀3 ▼1

>Kapitel 12<

Drei unschuldige Menschen zu töten, nur um die eigene Karriere etwas anzukurbeln? Das klang für die ermittelnden Beamten wie die Handlung eines schlechten Films. Doch die Auswertung der DNA-Proben verriet, dass es sich hierbei nicht um Fiktion, sondern um Realität handelte. Drei unabhängige Labortests hatten bestätigt, dass Aleksandar Novaks DNA exakt mit den Proben übereinstimmte, die den Leichen von Ivana Todorovska und Sonja Wozniak entnommen worden waren.

Die Ergebnisse aus dem Fall Nikolić waren zum Zeitpunkt der Festnahme Novaks noch nicht eindeutig. Aber zwei Wochen später wurden in der Nähe des Leichenfundorts sieben Haare gefunden, welche ebenfalls zu Novak gehörten. Dies verwickelte ihn unweigerlich auch in den dritten Mord. Das am letzten Tatort gefundene Trikot wurde als das von Novak identifiziert, während der Morgenrock, in dem Sonja Wozniak gefunden worden war – grün mit Tupfen –, angeblich Novaks Mutter gehörte. Es schien, dass er alle seine Opfer mit Kleidungsstücken seiner Mutter bekleidet hatte, bevor er sie vergewaltigte und anschließend tötete.

Zusätzlich zu der Tatsache, dass die Opfer Raumpflegerinnen waren wie Novaks bereits verstorbene Mutter, stellte die Polizei fest, dass alle drei eine auffällige Ähnlichkeit mit ihr hatten. Es wurde angenommen, dass Novak eine gestörte Beziehung zu seiner Mutter hatte, die sich nach dem Selbstmord seines Vaters im Jahr 1990 noch weiter verschlechterte. Doch auch wenn diese Theorie in sich schlüssig klang – noch war es eine reine Spekulation, die durch keinerlei Beweise untermauert werden konnte.

Neben den DNA-Spuren und der am Tatort gefundenen Kleidung tauchten aber schon bald immer mehr Beweise gegen den renommierten Journalisten auf und resultierten letztendlich in dessen Festnahme. In einem Sommerhaus, welches der Familie Novak gehörte, wurde nicht nur eine große Sammlung von pornografischen Videos und Zeitschriften gefunden, sondern auch Schuhe und Kleidungsstücke, die nach Angaben der Polizei einigen der Opfer gehört hatten. Es schien, als hätte er die Frauen in seinem abgelegenen Sommerhaus festgehalten und wiederholt gefoltert und missbraucht, bis er sich ihrer schließlich entledigte.

Der Zeitungsartikel, in dem Novak sein furchtbares Verbrechen an Sonja Wozniak detailgetreu beschrieben hatte und der die Beamten hatte stutzig werden lassen, stellte im Verfahren gegen Novak nur ein Indiz und keinen vollwertigen Beweis dar. Dennoch war dies das Detail, mit welchem Novak sich selbst ausgeliefert hatte: Sein Geltungsbedürfnis und seine Überheblichkeit hatten ihn dazu gebracht, Details zu offenbaren, welche nur eine undichte Stelle innerhalb der Polizeibehörde oder aber der Mörder selbst wissen konnte.

Während der zermürbenden Befragung in der Untersuchungshaft verstummte der sonst so redselige Reporter plötzlich. Auf viele der Fragen gab er, wenn überhaupt, nur ausweichende Antworten oder sagte, er könne sich nicht mehr daran erinnern. Das Einzige, was er immer und immer wieder kundgab, waren seine Unschuldsbeteuerungen. Er habe die ermordeten Frauen niemals persönlich kennengelernt und sei demnach auch nicht für deren Ermordung verantwortlich.

Die sich über Stunden hinziehende, frustrierende und vor allem ergebnislose Befragung von Novak wurde erst am späten Abend seiner Festnahme beendet. Novak war schwach und erschöpft, beharrte aber weiterhin strikt auf seiner Unschuld und war fest entschlossen, sich gegen die Anschuldigungen zu wehren. Am nächsten Tag wurde Novak ein Pflichtverteidiger zugewiesen, außerdem wurde er mit einem dreißigtägigen Haftbefehl in ein Gefängnis in der nahe gelegenen Stadt Tetovo verlegt. Besagte Justizvollzugsanstalt platzte zu diesem Zeitpunkt bereits aus allen Nähten. Aufgrund des Platzmangels wurde Novak in einer kleinen Zelle mit drei weiteren Häftlingen untergebracht. Zwei eiserne

tagenbetten und ein separates Badezimmer mit einer großen Toilet-
enschüssel, einem Waschbecken und einem weißen Eimer für sanitäre
wecke teilten sich die vier Männer. Doch sie blieben nicht lange zu viert,
m Montagmorgen, dem 23. Juni – weniger als drei Tage nach seiner
erhaftung – fand einer von Novaks Zellengenossen einen Lageplan des
efängnisses unter dem Kopfkissen in Aleksandar Novaks leerem Bett.

Das Gefängnis verfügt über mehrere Räume und einen eingebauten Si-
herheitsmechanismus: Sobald eine Tür durchschritten wurde, schließt
ich diese automatisch wieder. Startpunkt ist Aleksandar Novaks Zelle,
och wo befindet er sich nun? Hinweis: Aleksandar Novak ist durch jede
ür genau einmal gegangen – in welchem Raum müsst ihr suchen?

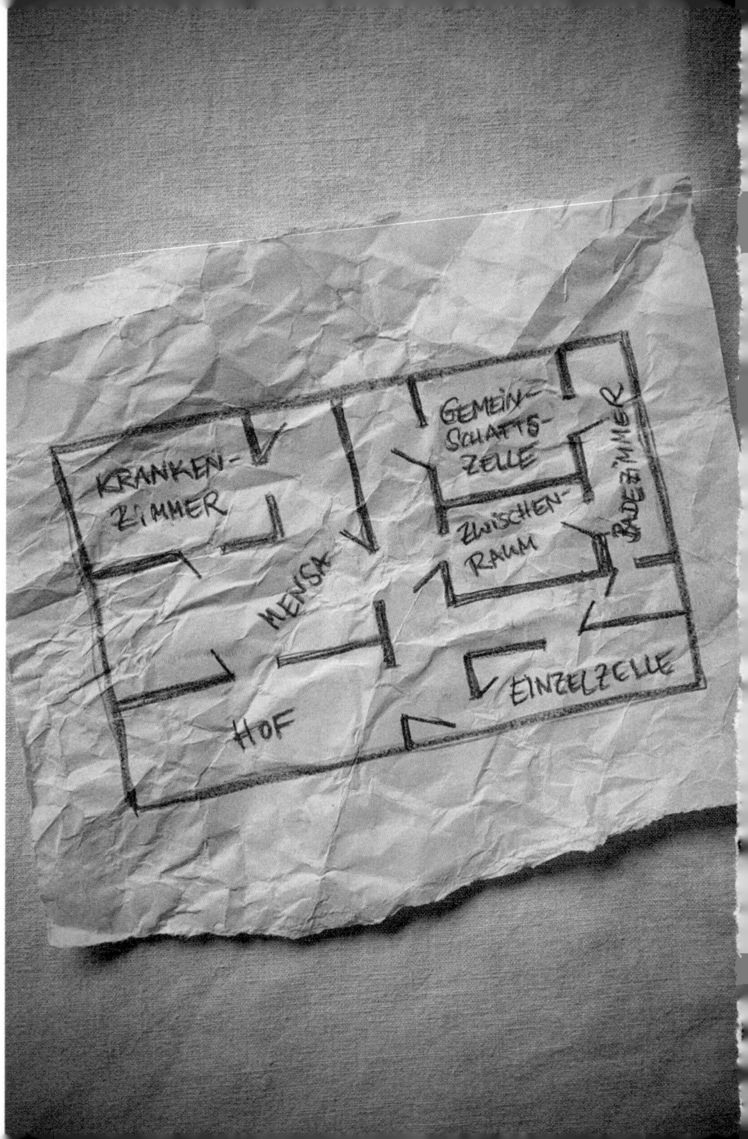

O SOLLTEN DIE GEFÄNGNISWÄRTER ALEKSANDAR
OVAK VORFINDEN?

---

a] In der Einzelhaftzelle ▲4 ▶1
b] Im Krankenzimmer ▲2 ◀2
c] Im Badezimmer ▲2 ▶4

3200
VALID FROM
MONTH/YEAR
02/12

›Kapitel 22‹

Aber natürlich! Cole – Mathilda – Justin – Cedric – Glen – Fünf, weil es eine fünfköpfige Familie war – und MCO, weil die Familie in Chuluota, Florida, lebte – MCO ist der offizielle Flughafencode des Orlando International Airports. Das musste es sein. Treffer! Mit der Eingabe des korrekten Nutzernamens und des richtigen Passwortes war es nun möglich, die Buchungshistorie von Glen Ramirez einzusehen. Die Ausgaben von Glen hatten sich bis November des gleichen Jahres auf eine stolze Summe von 20 000 Dollar pro Nacht gesteigert – entstanden waren diese enormen Summen durch Buchungen von privaten Videositzungen mit Savannah, zuzüglich spendabler Trinkgelder.

Doch wie konnte Glen diese beachtlichen Beträge überhaupt decken? Schließlich war er seit Mitte des Jahres arbeitslos, weswegen ihm ein geregeltes Einkommen fehlte, und angespart hatte der junge Mann auch nichts. Doch schon bald stellte sich heraus, welche Quellen er anzapfte, um seine heimliche Onlineaffäre mit Savannah finanzieren zu können: Er hatte die Kreditkarteninformationen seiner Eltern gestohlen und wiederholt ihre Bankkonten gehackt. Zusätzlich borgte er sich Geld von seinem älteren Bruder Cedric, der ihm in seiner finanziell eingeschränkten Situation gerne unter die Arme griff.

Als die Familie Glen darauf ansprach, für welche Zwecke er solch hohe Summen ausgeben würde, berichtete dieser von hohen Investitionen in seinen Twitch-Account. Twitch ist ein Live-Streaming-Videoportal, das vorrangig zur Übertragung von Videospielen genutzt wird. Glen verkündete, er würde den großen Durchbruch mittels dieser Plattform anstreben. Daher habe er das Geld sinnvoll in bezahlte Werbung investiert, um das Wachstum seiner Abonnentenzahl anzukurbeln. Auf lange Sicht würde sich dieses Vorgehen mehr als rentieren, denn als professioneller Videospieler würde er unglaublich gut damit verdienen. Einmal über die hohen Ausgaben gesprochen, war in Glens Augen das Thema abgehakt. Er konnte und wollte nicht verstehen, warum seine Eltern dieses Thema wieder und wieder ansprachen, weswegen es vermehrt zu hitzige Auseinandersetzungen zwischen ihnen kam.

Als der größere Bruder Cedric und dessen Freund Jericho im Dezembe des gleichen Jahres eine Reise nach Japan planten, dachte Cedric, die wäre eine gute Gelegenheit, um seinem kleinen Bruder eine gewiss Auszeit von den ständigen Vorwürfen und Anfeindungen zu ermögliche Daher fragte er ihn, ob er nicht vielleicht mit ihnen kommen wolle. E Cedric, würde auch alle anfallenden Kosten übernehmen. So macht sich das Dreiergespann voller Vorfreude auf den Weg nach Japan – di drei liebten Animes und waren sehr an der Kultur Japans interessier Wie erwartet, verbrachten sie eine wunderbare Zeit vor Ort.

Am letzten Tag ihrer Reise eröffnete Glen seinem Bruder Cedric un Jericho, dass er sich nicht so gut fühlen würde und dass er sich des wegen ausklinken und den Tag über im Hotelzimmer verbringen woll Widerwillig entschieden sich die beiden anderen, ihren letzten Tag i Japan noch zu nutzen, und so zogen sie alleine los und ließen Gle in seinem Hotelzimmer zurück. Unbeschwert genossen sie den Ta vor ihrer Abreise in vollen Zügen – bis Jericho plötzlich eine seltsam Benachrichtigung auf sein Handy bekam: »Es wurde eine Abbuchun in Höhe von 600 Dollar getätigt.« Doch Jericho hatte keine solch Abbuchung durchgeführt. Als er hektisch kontrollierte, ob sich sein Kreditkarte noch in seinem Geldbeutel befand, stellte er fest, dass dies verschwunden war.

Glen hatte Jerichos Kreditkarte an sich genommen, bevor Cedric un Jericho das Hotel verlassen hatten. Unmittelbar nachdem die beide die Zimmertür hinter sich zugezogen hatten, suchte Glen einen Ort m öffentlichem Wi-Fi auf, loggte sich in seinen *freecamxxx.com*-Account e und buchte eine private Videositzung mit Savannah – als Zahlungsquel gab er die neu erworbenen Informationen von Jerichos Kreditkarte an.

Nach diesem Vorfall verschlechterte sich die ohnehin angespannte Stimmung im Hause der Familie Ramirez drastisch und auch in den Wochen darauf war keine Besserung der Situation in Sicht. Spätestens als sich Glens Vater Cole kurz vor dem Jahreswechsel einen umfassenden Überblick über seine Finanzen verschaffen wollte und seine Bankunterlagen durchging, kippte der Hausfrieden endgültig. Cole wurde bewusst, dass ihm deutlich mehr Geld fehlte, als er bislang angenommen hatte. Das anschließende Gespräch entwickelte sich zu einem heftigen Streitgespräch und endete damit, dass Glen sich eine kleine Tasche packte und fluchtartig aus dem Haus stürmte.

Eine Textnachricht, welche Glen nach seiner Flucht an seine Mutter Mathilda sendete, lautete: »Ich bin das alles leid. Ich werde es auf meine eigene Weise handhaben.« Beunruhigt griff Mathilda zum Hörer und wählte den Notruf. Der Gedanke, ihr kleiner Junge könne sich womöglich etwas antun, setzte sich in ihrem Kopf fest. Als sie kurz darauf jedoch erfuhr, dass Glen zu seiner Tante gefahren war und für eine gewisse Zeit bei ihr unterkommen wollte, machte sich Erleichterung in Mathilda breit.

Während seines Aufenthaltes bei seiner Tante schien Glen sehr bedrückt zu sein, er schlief den ganzen Tag und wirkte völlig antriebslos. Da Glen auf seine Tante und seinen Onkel einen deprimierten und verlorenen Eindruck machte, beschlossen diese, vorsichtshalber alle im Haus befindlichen Waffen wegzuschließen. Zu spät realisierten sie, dass sie auch ihre Kreditkarten an einem sicheren Ort hätten aufbewahren sollen. Als Glen sich schon seit einigen Tagen im Hause seiner Tante aufhielt, versuchte diese, sich über das Internet in ihr Bankkonto einzuloggen. Die Zugangsdaten dazu bewahrte sie in ihrem Safe auf.

WIE LAUTET DIE KOMBINATION FÜR DEN SAFE?

[a] 1432 ▼2 ▶4

[b] 1431 ▲4 ▶2

[c] 1424 ▲3 ◀2

›Kapitel 23‹

Schon seit ihren Schultagen merkte die Tante sich wichtige Passwörter mittels dieser Technik. Die Anzahl der Bildmotive stand dabei für eine Zahl – in diesem Fall 1431. Die gespiegelte Uhr erinnerte sie daran, entgegen des Uhrzeigersinns zu lesen.

Aufgrund der miserablen Internetanbindung dauerte es einige Minuten, bis endlich die Auflistung ihrer Einnahmen und Ausgaben aufpoppte. Fast wäre sie rückwärts vom Stuhl gefallen, als sie sah, dass etliche Abbuchungen in Höhe von jeweils 600 Dollar von ihrem Konto eingezogen worden waren.

Glen hatte erneut zugeschlagen und die Kreditkarteninformationen seiner Tante, seines Onkels, seiner Großmutter und seiner Cousine gestohlen und diese im Wechsel für seine Vergnügung mit Savannah verwendet.

Glens Tante informierte die Eltern Mathilda und Cole über die kriminellen Machenschaften ihres Sohnes. Als Cole von dem erneuten Diebstahl erfuhr und er seiner Schwägerin eröffnen musste, dass das nicht zum ersten Mal passiert sei, gaben ihm die Beine nach und er sackte in sich zusammen. Inzwischen hatte sich aufgrund von Glens Betrügereien ein riesiger Berg von Schulden angehäuft – von insgesamt über 200 000 Dollar war die Rede.

Nachdem die erste Welle der Wut und Empörung verflogen war, machten sich Coles Vatergefühle bemerkbar – auch wenn er unendlich enttäuscht von seinem Sohn war, liebte er Glen doch bedingungslos. Getrieben durch diese Emotionen bat er Glens Tante, von einer Anzeige abzusehen. Er würde ihr jeden einzelnen Cent zurückzahlen. »Außerdem«, so sagte er, »gehört Glen nicht in ein Gefängnis voller Schwerverbrecher. Er braucht Hilfe.«

Mathilda, Cole, Cedric und der älteste Bruder Justin fassten daraufhin den Plan, Glen im Hause seiner Tante aufzusuchen und ihn mit dem Problem zu konfrontieren. Eine Intervention war schon längst überfällig und vermutlich ihre letzte Chance, Glen vor dem Absturz in den tiefen Abgrund der Sucht und des Kontrollverlustes zu bewahren. Sie versammelten sich im Wohnzimmer von Glens Tante und warteten geduldig auf Glen.

Als dieser nach einiger Zeit sein Zimmer verließ, sprachen sie ihn auf sein Problem an. Sie sagten ihm, dass er in eine Entzugsklinik gehen müsse, ansonsten würden sie den Kontakt zu ihm ein für alle Mal abbrechen. Sie redeten auf ihren Sohn und Bruder ein und versicherten diesem, dass sie nicht wollten, dass er ins Gefängnis ginge, doch dies wäre sein unausweichliches Schicksal, wenn er sich nicht endlich Hilfe suchen würde. Seine Eltern und seine Brüder boten Glen bedingungslose Unterstützung an.

Der zurückhaltende und ruhige junge Mann ließ diese Ansprache stillschweigend über sich ergehen und willigte am Ende ein. Freiwillig begab er sich in die Obhut einer Entzugsklinik, welche in Südflorida gelegen war. Eine Klinik, die übergreifend Menschen mit Suchtproblemen beherbergte und diesen half, ihre Süchte unter Kontrolle zu bekommen. Glen war einer von mehreren Patienten seiner Station, die sich aufgrund einer ausgeprägten Internet- und Sexsucht in der Klinik befanden, gab es doch in den USA nur wenige Kliniken, die sich auf diese Art von Sucht spezialisiert hatten. Glens Familie war bereit, die Kosten von 15 000 Dollar für die bevorstehende 60-tägige Behandlung zu übernehmen.

Entlastet fuhr die Familie zurück nach Chuluota, nachdem sie ihr Problemkind in der Klinik zurückgelassen hatten. Doch was tatsächlich hinter Glens Internetsucht steckte, das wusste die Familie bisher noch nicht. Glen hatte ihnen ja erzählt, er würde das entwendete Geld in bezahlte Werbung für seinen Twitch-Account stecken – doch nun war seine Familie misstrauisch geworden.

Da es Glen nicht erlaubt war, elektronische Geräte jeglicher Art in der Klinik zu verwenden, blieb sein Laptop zu Hause. Sein älterer Bruder Cedric und sein Vater Cole verloren keine Zeit und versuchten, Glens Computer zu entsperren, um dem wirklichen Grund seiner Sucht auf die Schliche zu kommen.

WIE LAUTET DER LOG-IN-CODE ZU GLENS COMPUTER?

[a] 34385 ◀3 ▲2

[b] 32345 ▲3 ◀1

[c] 57158 ▶4 ▼4

›Kapitel 19‹

Die Zeugen gaben an, Paige mit einem Mann gesehen zu haben, den sie auf Mitte 20 bis Mitte 30 schätzten. Die beiden gingen jedoch nicht nebeneinander, sondern hintereinanderher. Paige machte auf die Zeugen einen eingeschüchterten Eindruck. Ganz anders als der Mann, der dicht hinter ihr lief – dieser wirkte aufgebracht, fast schon wütend. Dicht neben sich schob er ein weiß und blau lackiertes Motorrad, eine Enduro. Der ältere Zeuge war sich sicher, dass es sich bei dem Motorrad um eine Maschine aus den 2000er-Jahren handelte, also ein recht neues Modell.

Für sie schien die Situation klar gewesen zu sein: Sie hatten angenommen, es handle sich bei den beiden um Bruder und Schwester, die gerade einen heftigen Streit hinter sich hatten. Daher auch die bedrückte Stimmung zwischen ihnen. Keine Situation, in die man sich hätte einmischen müssen. Ohne es zu wissen, waren diese drei Zeugen vermutlich die letzten Menschen, die Paige lebend gesehen hatten.

Umgehend wurde der Mann mit dem blau-weiß lackierten Motorrad zur Fahndung ausgeschrieben. Die Ermittler gingen davon aus, dass es sich bei diesem um Paiges Mörder handelte.

Der leitende Ermittler Henry Johnson fuhr einige Tage später mit seinem Wagen durch Armada, als er plötzlich etwas entdeckte, was seine Aufmerksamkeit erregte: Vor einer Garage geparkt stand ein auffälliges Motorrad. Die Maschine passte perfekt auf die Zeugenbeschreibung. Ein Zufall? Sogleich hielt er den Wagen an, stieg aus und fotografierte das Motorrad von allen Seiten. Dann machte er sich auf den Weg zum Polizeirevier, um die weitere Vorgehensweise mit seinen Kollegen abzusprechen.

Sie beschlossen, schleunigst den Hausbesitzer zu kontaktieren. Henry Johnson fuhr auf direktem Weg wieder zurück. Als er vor Ort ankam, gab es von dem Motorrad allerdings keine Spur mehr. Der Hausbesitzer war jedoch anwesend. Als Henry Johnson ihn auf das gesuchte Motorrad ansprach, gab er an, noch nie ein solches Motorrad auf seinem Grundstück gesehen zu haben. Da Johnson ihm nicht glaubte und weiter nachbohrte, sagte er schließlich aus, dass seines Wissens ein Mann namens Samuel Thompson aus Wales ein solches Motorrad fahren würde.

Wales war nur eine 30-minütige Autofahrt entfernt, also fuhr Johnson sofort hin. Am Haus von Samuel Thompson angekommen, fiel ihm als Erstes das gesuchte Motorrad ins Auge. Hier war er wohl richtig. Er klingelte und schon stand Samuel Thompson vor ihm. Henry Johnson erzählte vom Tod des jungen Mädchens und dass die Polizei nach Zeugen suche, welche sich am besagten Tag in Armada aufgehalten hätten.

Thompson bestätigte seinen Aufenthalt: Klar sei er in Armada gewesen, allerdings habe er dort nur seinen Bruder besucht. Daher habe er auch nichts Ungewöhnliches beobachtet. Nun wollte der Polizist noch von ihm wissen, welche Schuhe er an diesem Tag getragen hatte. Ohne Widerworte drehte Thompson sich um, ging zurück in sein Haus und kam mit einem weißen Paar Tennisschuhe in der Hand wieder zurück. Das waren definitiv nicht die Schuhe, nach denen sie suchten. Doch ob dies tatsächlich die Schuhe waren, die Thompson an diesem Tag getragen hatte, war natürlich fraglich. Da Henry Johnson in diesem Moment aber nicht mehr ausrichten konnte, verabschiedete er sich von Thompson, bedankte sich für seine Mithilfe und fuhr wieder zurück in Richtung Heimat. Sein Bauchgefühl allerdings sagte Johnson, dass Thompson irgendwas mit der Sache zu tun haben musste.

Gemeinsam mit einer Kollegin machte er sich also am nächsten Tag erneut auf den Weg zu dessen Haus, um seine zuvor getätigte Aussage schriftlich festzuhalten. Als jedoch niemand die Tür öffnete, gingen sie um das Haus herum, um nachzusehen, ob Thompson sich gerade im Garten oder auf der angrenzenden Terrasse aufhielt. Ihn trafen sie dort zwar nicht an, doch stießen sie auf etwas anderes, etwas womöglich viel Bedeutsameres.

WAS FANDEN DIE ERMITTLER IN SAMUELS GARTEN?

[a] Die Tatwaffe, mit welcher Paige getötet wurde ▼4 ◀1

[b] Ein Feld mit Marihuana-Pflanzen ▼4 ▶3

[c] Das mittlerweile verschrottete Motorrad ▶3 ▼3

CODE: 88622242

›Lösungsmatrix‹

Sarah Fischer

... studierte Betriebswirtschaftslehre in Heidelberg und spezialisierte sich dann auf das Management sozialer Medien. Aufgrund ihrer Faszination für wahre Verbrechen entschied sie sich 2020 gemeinsam mit einer jahrelangen Schulfreundin den True-Crime-Podcast „Eyes in the Dark“ ins Leben zu rufen.

Das Recherchieren und Ausarbeiten von wahren Kriminalfällen und die Visualisierung dieser, für den dazugehörigen Social-Media-Auftritt, ist inzwischen ihre größte Leidenschaft.

Laura Regenauer

... ist geprüfte Tourismusfachwirtin. Die Liebe zum Schreiben entdeckte sie bereits in jungen Jahren, in denen sie ihre ersten Gruselgeschichten zu Papier brachte. Seit Mai 2020 betreibt sie gemeinsam mit ihrer Podcast-Partnerin Sarah Fischer den True-Crime-Podcast „Eyes in the Dark“. Dort besprechen die beiden Frauen jeden Sonntag einen wahren Kriminalfall aus aller Welt und gehen dabei besonders auf die Hintergründe der grausamen Taten ein.

Achtung **Crime Scene!**

ISBN 978-3-8458-4224-0

ISBN 978-3-8458-4223-3

ISBN 978-3-8458-4420-6

ISBN 978-3-8458-4526-5

Mehr Infos zu den Büchern finden Sie unter
www.arsedition.de
Newsletter abonnieren:
www.arsedition.de/newsletter

arsEdition
... bringt Freude

Unser Versprechen für mehr Nachhaltigkeit · Klimaneutrales Produkt
Mehr Infos auf www.arsedition.de/nachhaltigkeit

Die in diesem Titel verwendeten Namen, Codes, Websites und Ähnliches wurden von der Redaktion geändert.

Idee, Text und Konzept: Sarah Fischer und Laura Regenauer
Gestaltung Cover: Grafisches Atelier, arsEdition GmbH
Gestaltung Innenteil: Jutta Gerber

Bildnachweis Cover: Shutterstock.com: Evgenii Matrosov; KPPWC; Alexander Lukatskiy; HelenField; Patrick Foto; sebra; Mark Winfrey; Ryan DeBerardinis; Dmitrijs Kaminskis
Bildnachweise Innenteil: Shutterstock.com: Alex Oakenman, Alexander Kirch, Alexandr III, Anna-Mari West, Atstock Productions, Backgroundy, ballykdy, Bela Zamsha, Billion Photos, bioraven, Bruno Passigatti, Burdun Iliya, che' supajit, ChiccoDodiFC, Cosmic_Design, Dado Photos, Dariusz Jarzabek, David Smart, Daxiao Productions, DedMityay, Dudarev Mikhail, Dzelat, EllieStark, ESB Professional, Eugene Ga, Evilgen, felipe caparros, Fer Gregory, Flame of life, GladkovPhoto, GooPiag, Harsanyi Andras, HaseHoch2, honglouwawa, icsnaps, Inked Pixels, janar sinivali, JedMatangi, Knumina Studios, KreAtor Photography, kyslynskahal, legenda, Lotus_studio, Maciej Bledowski, mexanichp, Militarist, Mindscape studio, Moshbidon, My Life Graphic, natalinyrkowa, Natee Meepian, Okrasiuk, Olga Nikonova, Pakhnyushchy, Photastic, Picsfive, pikcha, Pixel-Shot, Piyawat Nandeenopparit, PopTika, Prapat Aowsakorn, PRESSLAB, Pushish Images, Raggedstone, ratsadapong rittinone, robert_s, RSTPIERR, rzstudio, Sathaporn, sevenke, Slatan, Smit, STILLFX, sundaemorning, Suzanne Tucker, Syda Productions, Teerasak Ladnongkhun, Tinnakorn jorruang, Tom Baur, TOXIC CAT, valkoinen, Victor Metelskiy, vipman, Vjom, Volonoff, Yulia Moiseeva, zef art

ISBN 978-3-8458-4581-4
www.arsedition.de

MIX
Papier aus verantwortungsvollen Quellen
FSC® C002795
FSC
www.fsc.org